金曜日の川柳

樋口由紀子 編著

左右社

金曜日の川柳

金曜日の川柳　目次

凡例

川柳作品収録に際し、書籍収録作品は書名を明記し、雑誌・同人誌・句会提出作品については出典を割愛させていただきました。

また、ジャンルの特性上、私家版として出版された句集も多いため、出典未詳の作品もございます。一部ご連絡先のわからない方もいらっしゃいました。できる限り調査に努めましたが、不明なものは作家名のみの掲載とさせていただいております。

なお、作品の表記はすべて正字に統一いたしました。

月曜日の川柳

拾われる自信はあった桃太郎

田路久見子

桃太郎がおばあさんに拾われなかったら……などと考えたら、ことは進まない。「桃太郎」は桃が拾われたからこその物語であり、私たちはこの昔話をなんの疑いもなく読んできた。

しかし、拾われたのは桃太郎の「自信」からだったとは。よく考えてみると、桃太郎の物語はすべて自信から来ている。犬・猿・雉がお供することも、鬼退治を成功させ、英雄になったことも、自信があったからこその行動であると言える。

信号を守ると多分遅刻する

天野尭亘

『秋桜』

ならば信号を無視すれば時間に間に合う……と思ってはいけない。信号に従うことは安全のためのルールである。事故を起こせば一大事だし、警察に捕まる可能性もある。だからと言って、遅刻していいわけではない。遅刻しないように早く家を出ればすむことだ。しかし生活をしていく上で、決まりを守っているだけではうまくいかないこともいっぱいある。その隙を突くのが川柳のおもしろさである。ただ、この人はもしかすると、信号を守っても定時に間に合うかもしれない。「多分」が効いている。

人間の手がしつこいと思うハエ

藤高笠杖

ぶんぶんと顔のまわりを飛ぶハエほどうるさいものはない。あっちへいけと追い払ってもすぐにやってくる。ハエにしても目的があって飛んで来ているのであって、追っ払われる手ほど邪魔なものはない。人間ほどうるさいものはないと思っているだろう。手がしつこいからハエもしつこい。「しつこい」がぴったりでよく効いている。

それにしても近頃ハエも少なくなった。私が子どもの頃は台所などにハエ取り紙がぶらさがっていて、無数のハエが仕留められていたものだが。

兄ちゃんが盗んだ僕も手伝った

くんじろう

内緒にしていたほうがいい、とんでもないことを句にしている。たった17文字でコトの顛末がはっきりわかる。これは実話だそうである。10円の小遣いもない夏休みに兄と西瓜を盗み、それを母に見つかり、兄は叩かれながら弟を庇った。弟はずっとこの出来事を心に持ち歩いていて、「僕も手伝った」ことを言いたかった。母、兄、弟のそれぞれの思いが入り交じり、感情移入してしまう。人の哀しみやどうしようもなさを垣間見ることができる。

ひとすじの春は障子の破れから

三條東洋樹

『川柳全集第十四巻　三條東洋樹』

春の訪れをいろいろな場面で感じる。「障子の破れ」からとは、一本とられたという感があった。障子が貼られている部屋は陽が当たる場所がほとんどで、陽を遮るための障子だ。一部でも破れたら、当然光はそこからまっすぐに射し込んでくる。それは発見であり、出会いである。意外にも春はそんなところから訪れた。

人生にもほころびから光が差すようなことがある。「ひとすじの春」を真正面から受け止めている。

今朝もまた新聞が来てゐる悲し

森井荷十

新聞が来て、今日も一日が始まる。眠っているうちにあの世にいくことなく、「今朝もまた」目覚め、いつもと同じように新聞を受け取った。その瞬間に直感的に悲しいと感じた。世の中は動いているのに、私は一日なにをしていたのだろうか。世の中に必要とされず、対処できない私は今日もおろおろと生きるしかない。それが「悲し」なのだ。「悲し」には愛しさと寂しさが凝縮されている。真摯に生きているからこその「悲し」だろう。丸ごとの感情に生きるとはなにか、自分自身が揺らいでいく。

朝顔をほめてこぼれる歯磨粉

安川久留美

『安川久留美百句選』

朝起きて、歯を磨いていたら、庭の朝顔が開いているのが洗面所の窓から見えた。誰に言うでもなく、「きれい」とつぶやくと歯磨き粉が口からこぼれ落ちた。歯磨きをしていることを忘れていた。今日も暑くなるかもしれない。けれども、なんとか乗り切れそうな気がする。朝顔があんなにきれいに咲いているのだから。

安川久留美にこんな平穏な川柳があったのだと驚いた。彼は放蕩の川柳人として伝説の人である。晩年は酒を求めて放浪し、泥酔の果てに路上死した。

風がはじまる理容はらだのお顔剃り

北村幸子

神戸新聞の企画「川柳詠みだおれ」で姫路吟行があった。そのときに作られた一句である。駅前の商店街（みゆき通り）を歩いていると一軒の理容院があった。扉は開かれていて、中までよく見えた。なによりも店名の「理容はらだ」が気になる。この句は「理容はらだ」を引き金にして、「風がはじまる」の字余りと「お顔」の語感のやさしさで独自のアナロジーを見つけ出している。顔を剃ってもらうと、剃られた肌に新しい風を感じる。

くちびるはむかし平安神宮でした

石田柊馬

『セレクション柳人2　石田柊馬集』

京都の平安神宮の入り口に聳《そび》え立つ朱塗りの鳥居がある。以前私は鳥居のあまりの迫力にあとずさりしてしまった。下から見上げたときのでっかさは格別で、朱色で迫ってくるさまはなんとも言えぬ威圧感がある。

作者は「むかし」と言っているが、そんなに昔ではないときに、女性のくちびるの前でひるんだ経験があるのだろう。それもかわいらしいくちびるではなく、口紅を真っ赤に引いたぶあついくちびるだろう。平安神宮もこのように詠まれたのでは身も蓋もない。

「きゃりーぱみゅぱみゅ」三回言えたら
大丈夫

山下和代

きゃりーぱみゅぱみゅは今人気の歌手でモデルの女性である。ファッションも動きも発言も奇抜でどこか人間離れしている。今までにもいろんな芸能人が出てきたが、きゃりーぱみゅぱみゅの登場はどこか次元が違う。なによりも名前。発音もしにくく、一度聞いただけでは覚えられない。

この句は流行をうまく捉えて、なにが大丈夫なのかを言わずに「三回言えたら」と無責任に言う。滑舌がわるくなっている昨今、嚙まずに3回言えたら何事も大丈夫かなと思ってしまう。テンションを上げてくれる川柳である。

噛んであるから鉛筆は君のもの

清水美江

歯型のついた鉛筆を子どもの頃はよく目にした。今はあまり見かけない。私自身も勉強がしたくないとき、問題が解けないとき、なんとなくいらいらしたときなどに鉛筆を噛んでいたようなおぼえがある。そんな噛み癖のある鉛筆は、オリジナルな君だけのものと言う。「君のもの」など他にもいっぱいありそうなのに、噛んである鉛筆に着目してしまうというのは、相当な屈折がありそうである。

応接間の金魚逆立ちしてみせる

西尾栞

「応接間」に時代を感じる。ひと昔前は一軒家に応接間があり、ステータスシンボルのような雰囲気があった。その応接間には鳥や獣の剥製や絵画が飾ってある。応接間で待たせている主と待たされている客の関係性なども想像できる。客が待たされるのは毎度のことなので、金魚も心得ている。それで逆立ちの芸を披露している。「いやー、待たせたな」と主がお出ましになるまで、たぶんもう少し時間はかかるだろう。それまでは金魚の出番である。

金魚鉢かきまはしたい気にもなり

浅井五葉

浅井五葉は「川柳は写生」と提唱した人である。しかし、俳句の写生句とは肌触りが違う。金魚鉢を見ての写生句だろうが、金魚鉢（モノ）のありさまを詠んだのも、金魚鉢の客観的事実を書いたのでもない。金魚鉢を見ているとかきまわしたくなった気持ち＝コトを書いている。

金魚は涼しそうに泳いでいる。こう暑いと水の中に手を入れたくなる。ひやっとして気持ちいいだろう。ついでにかきまわして金魚をびっくりさせたくなる。人間の遊び心を軽く突いている。

握手せぬほうの手までがうれしがり

福永清造

　このような句に出会うとほっとする。でも、そんな握手は長いことしていないと寂しくもなる。誰と握手したのだろうか。握手している手のほうはもっと嬉しがっているはずだ。要は、それぐらい握手している本人そのものが歓喜しているということである。
　川柳は物を斜めに見るところがあり、そのような川柳のほうがインパクトも強く、印象に残ることが多い。しかし、まっすぐでおおらかに物を見るのも大切な川柳の眼である。

友だちの蹴ったボールを取りに行く

重森恒雄

サッカーでは相手の蹴ったボールを奪い、蹴る。ときには相手のミスしたボールを取りに行くこともある。どんどん転がっていくボールを追いかけていくうちに、ふと「なんで、そんなことをしているのだろうか」と思ったのだろう。友だちだから取りに行くのか、それとも自分のためだろうか。大人になってからもそういうことはあるなあと、ふと人生と重ねている。異議を唱えるほどではないが、ちょっと引きずっている。

ヨーコさんはうちに帰ってしまわれた

徳田ひろ子

『青』

私のまわりにもヨーコさんがたくさんいる。洋子さん陽子さん葉子さん、わりとポピュラーな名前である。漢字でどう書くかを知らないのだろう。が、「ようこさん」ではない。「ヨーコさん」や「帰ってしまわれた」の言い回しから、作者の思いや距離をおしはかることができる。

なぜ帰ったかの理由を聞けるほどの間柄でもない。しかし、ヨーコさんがいなくなって心にすっぽり穴が開いたような気持ちになった。別に話さなくても、彼女と同じ場にいるだけでよかったのだ。

寂しさに大根おろしをみんなすり

岩井三窓

『三文オペラ』

寂しいという心情と大根をおろすという行為の結びつきは意外だった。食べるため以外の理由で大根をすることはないと思っていた。たかが大根おろしだが、ぼんやりしていたのでは手をすってしまう。一心不乱に大根をすっている間は寂しさを一刻忘れられる。「みんなすり」とは1本全部をすってしまったということなのか。大根おろしはそんなにたくさんは食べられない。すり終わった大根の真白い山を見て、もっと寂しくなったに違いない。

座布団を頭にのせて待っている

守田啓子

なぜそんな恰好をして待っているのか。なにか理由がありそうな気もするが、待つ以外になにもすることがないから、ただそうしているだけのような気がする。誰を待っているのか。きっととても会いたい人に違いない。約束の時間はまだまだ先なのに、そのずっと以前から、早く来い、まだ来ないのかといらいらしている。その結果、あろうことか、頭に座布団をのせてしまった。待たれていた人もその姿を見て、びっくりするだろう。帰ってしまうかもしれない。人間って、おかしくて、かわいい。

「重要なお知らせです」と黒揚羽

浪越靖政

黒揚羽はたまに飛んでいる。黒をきれいと思うときと、景のなかの一点の黒に違和感を持つときがあり、微妙な雰囲気を漂わせている。「重要」と印字された封書もたまに届く。これにもドキッとする。
「と」だからここでは切れないで、「黒揚羽」が使者ということなのだろう。だったら、それはもう間違いなく「重要」なのだと推測して、興味津々となる。もちろん、そんなことは実際にはないのだが、虚の出来事だからこそ気づかされるものがあるように思う。

かくれんぼ　誰も探しに来てくれぬ

墨作二郎

『尾張一宮在』

かくれんぼは探し当てられたら負けで、次は鬼になって、探すほうにまわる。だから、見つからないように隠れなければならない。すぐに見つかってしまうとゲームにならずに興ざめする。ちょうど頃合いのいいときに見つけてもらうのが一番よい。いつまでも見つからなくて、誰の声も聞こえなくなったら、他のみんなはもう帰ってしまって、置き去りにされたのかと心細くなる。隠れているのにそうっと足など少し見えるように伸ばしたくなる。かくれんぼは鬼を待っている遊びである。

こんな手をしてると猫が見せに来る

筒井祥文

『セレクション柳人9　筒井祥文集』

猫がひょいと人の手に猫の手（正確には前足）をのせる動作をすることがある。猫好きにはたまらない仕草であるらしい。その所作を、猫がこんな手をしているんですと見せに来ていると捉えた。いや、もちろん作者だって見せに来ているのではないことはわかっている。が、人間側からの勝手な見方をおもしろく川柳に仕立てた。遊び心がある。猫のふんわり感や、やわらかい肉球を思うと、気持ちまでほんわかとしてくる。

ボクのきらひな角度からのぞかれる

中呂

人生のなかのコアな部分に触れる川柳である。「きらひな角度」にどきりとした。どの角度が嫌いかと聞かれても答えられないが、そういう角度は人それぞれにあって、その角度からのぞかれると否応なく消耗してしまう。私だって、そういうことを他人にしているかもしれない。
「ボクの」「きらひな」の表記に工夫がある。〈僕の嫌いな角度から覗かれる〉とは別の様態になる。格言的にならずに、とぼけた味を出しながら、大切なことをさりげなく教えてくれている。経験した身体がそう言ったのだろう。

死にかけた話他人は笑うなり

東野大八

　たいへんな目にあったのに笑うなんて、ひどい話である。私にも死にかけた話はある。原付バイクのエンジンを勢いよくかけたときに、予想外のスピードで発進し、国道の車と車の間を突っ走った。今思い出しても冷や汗が出る。
　笑われるのは心外だろうが、死にかけたのであって、死んだのではない。こうしてその話ができるのだから、よかった。死んだ話なら人は間違いなく涙する。一歩間違えばとんでもないことが起こる手前の、じたばたやどたばたの実話は確かにおもしろい。

道になる途中の歯間ブラシです

谷口義

「歯間ブラシ」を最初に見たときは細いワイヤーにナイロン製の毛がついていて、へんなかたちで、よくこんなものを思いついたものだと感心した。今では不可欠とまではいかないまでも需要があり、売り場ではそれなりの位置を占めている。安価で100円ショップでも10本入りが買える。

その「歯間ブラシ」が「道になる途中」だという。歯と歯の間の汚れを取り除く些細でへんなもの、それが「道」といういかにもたいそうなものの「途中」だとは。実体は案外その程度のものかもしれない。

百メートル道路に平行しへんけい

二村典子

「平行四辺形」は無理矢理押さえられて歪んでいるみたいで、それでいて相対する辺は律儀にも互いに平行を保っている。以前から変わったかたちだと思っていた。さらに「平行しへんけい」の字面に立ち止まった。視覚的効果抜群で、実体とは違う表情が見える。戦災復興の都市計画に基づいて建設された「百メートル道路」に、そんな「平行しへんけい」が時空を超えて横たわっているのか。あるいは「百メートル道路に平行し、へんけい（変形）」と読ませ、歴史的意味合いを滲ませてゆがみを出しているのか。

楽しいに決まっているさ曲がり角

高瀬霜石

『川柳作家ベストコレクション　高瀬霜石』

「曲がり角」というといい印象があまりない。それを「楽しいに決まっているさ」と言い切る。言われることではっとする。確かにそんな曲がり角はありそうだし、あってほしいと願う。「楽しいに決まっているさ」と言葉で操作することによって、日常感覚を混乱させる。「曲がり角」という言葉の機能を上手に使っている。
「期待に違わず、しかし、予想を裏切る――そんな句を作っていきたい」と作者は句集の巻頭に書いている。〈言うは易く行うは難し〉だが、それを実証している川柳である。

いっせいに桜が咲いている　ひどい

松木秀

「ひどい」に面食らった。桜の都合なんてなにも考慮していなくて、あくまでも自分中心の考えである。私にはまだまだ桜が咲く受け入れ準備ができてないのに、いっせいに咲くなんてもう「ひどい」以外なにものでもなく、裏切りに近い。
「ひどい」が綿密に計算された言葉で、実にぴたりとはまっている。一句に現実感を強く与え、新たな言葉の世界を開いている。一字空けのあとに「ひどい」を置くなんて、本当に「ひどい」。

舞えとおっしゃるのは低い山ですか

小池正博

『転校生は蟻まみれ』

　なんともけったいな川柳である。山が人に舞えと言うわけがないと思いながら、ひょっとして山はそう言って人をかどわかしている存在なのかもしれない思ったりする。「舞え」は舞台で舞を披露することではなく、どこか狂気をはらんだ、逸脱した行為を指している。それも高い山ではなく低い山が、本心を見透かして、どっしりとして落ち着いて、悪魔のようにささやいてくる。敬語であるところも諧謔がある。低い山は自分のうちにあるもうひとつの姿か。もし舞えば世界は変容するのか。

炎天に出てみてみゝずそれつきり

伊古田伊太古

『川柳新書第五集　伊古田伊太古集』

みみずは土の中にいてこその生き物である。炎天に出てきたら、そりゃあ、だめでしょう。でも、土の中からは外は眩しく輝いて見える。一度は外を見てみたいと憧れるのは至極当然のことである。だから試しにちょっと「出てみて」なのだろうが、試しであっても「出てみて」は無謀だった。「それつきり」になってしまった。情け容赦ない言葉だが効いている。笑ったあとでしんみりしてくる。干からびたみみずを見て、土の中でおとなしくしていたらこんな姿にならなくて済んだのに、と思ったのだ。

ブロックの塀にひまわり一個の首

八坂俊生

　夏の暑い盛りにいきおいよく咲いていたひまわりが枯れ始めた。元気なときは首を持ち上げて、ブロック塀をのり出すように堂々と太陽とわたりあっていたが、今はうなだれて、ブロック塀にもたれかかりそうなくらい弱弱しい。
　ひまわりというのは不思議な花である。派手で自己主張が強そうで、それでいてなんとなく寂しげでもある。そして、立ったまま枯れる。それもなかなか枯れきらずにいつまでも枯れた姿のままでいる。「一個の首」に生きることのあらゆる意味をひっくるめている。

荒縄をほぐすと藁のあたたかさ

後藤柳允

『餘香』

荒縄は藁でできている。しかし、「荒縄」と「藁」のイメージは違うので、知っているはずなのに気づかないでいた。荒縄は固く縛るイメージがある。それに比べて藁はやわらかい、やさしいイメージがある。荒縄で想像するものと藁で想像するもの、それぞれの質感も異なる。そして、「ほぐす」が両者を中和する。ほぐされると本来の藁のあたたかさが出てくる。ほぐされて荒縄自身が一番ほっとしている。

大声を出して柿の木植えている

芳賀弥市

なにやら騒がしいので、なにごとかと、声のするほうを見てみると柿の木の移植が行われていた。柿の木を運んで、穴を掘って、木を植えて、土を盛り、の共同作業をしている。作業を確認するための大声がなんとも力強い。

昔は餅つき、棟上げなど大勢で力を合わせてする行事がたくさんあり、人とのつながりが密で、活気があった。木の移植が終わったら、またいつもと同じ静かな日常に戻る。

矢車草の花が墓を白いピアノにみせる

山本浄平

『川柳新書第一七集　山本浄平集』

矢車草の花を供えることによって墓が白いピアノに変身したように見えるという。矢車草がいくら可憐とはいえ、矢車草と白いピアノに因果関係はないのだが、あえて独自の見方でふたつを結びつける。故人への気持ちの表れだろうか。

発想の転換で、今いる場所、今あるものが思いもよらない、別のものになる。白いピアノは亡き人に奏でている。

この日閑《しず》か椿が雨を噛んでいる

加世田起南子

「この日」ときっぱりと始まる。どんな日なのだろうか。今までと決別するかのような、なにかを決断したような、特別な日。なにもかもがまっさらになる導入である。「閑か」と捉えた表現力、「椿が雨を噛《の》んでいる」と見た描写力、おざなりの「静か」や「飲んでいる」では言い表せない別のものが、「閑か」「噛んでいる」によって表れている。椿は濡れるのではなく、自発的に雨を噛み、ますます赤くなり、作者の心はより閑かになる。自分の生や内面、心の動きを見つめている。

雲は道化師消化薬をあげよう

葵徳三

空を眺めていると雲がどんどん進んでいくのがよくわかる。こんなに速いのか、と思うくらいに動く。それに伴っていろいろなかたちになる。一方、道化師は人をおもしろがらせるために滑稽を演ずる。可笑しくなくても可笑しい動作をして、みんなを笑わせる。雲も道化師と同じで、見ている人を楽しませるために無理していると捉えた。きっと、道化師のように胃腸が弱っている。だから、消化薬をあげようと思ったのだ。雲→道化師→消化薬のコトの運び方が独自で、それぞれが響き合っている。

時々は覗いてあげる古い井戸

鈴木節子

生家には井戸があった。庭の片隅にあり、危ないから近づくなと言われていた。こっそりと行って、覗くと自分の顔が映る。水面のゆらゆら感は妖しく、怪訝な顔で覗いているので、もちろん、怪訝な顔の私がいる。そこは日常とは明らかに違う異界であった。この句の「古い井戸」は比喩だろう。忘れているものなのか、異界なのか。それ以外のものなのか。なににせよ、それらは覗いてあげなくてはならないものなのだ。そういえば、我が家にも古い井戸があるが、そこにあることすら忘れていた。

鉄棒にとびついてみるお正月

門脇かずお

冬の公園は寒い。そこにある鉄棒はさらに冷たい。その鉄棒にとびつくという。それもお正月に。年の初めから気を引き締めなくてはならないことがあるのか。ひやっとする鉄棒に触れて、しゃっきとして、また、なに食わぬ顔で慌てず騒がずに、この一年も過ごすと決めている。

日常身辺の事象を、普段使っている言葉でごくふつうに、なんの衒《てら》いも演出もなく書いている。しかし、自らを客観視しての人間描写には鋭いものがある。

カラカラと転がる缶も春である

角田古錐

『北の変奏曲』

雪国の人が春の訪れを待つ心境は、温暖な地方に住んでいる人には到底理解できないと言われたことがある。想像するよりもっと春は特別なものなのだ。作者は青森の人。やっと春になったという、溢れる思いが伝わってくる。「転がる缶」も「春」もとびっきりのプラスのイメージで読んだ。「カラカラと転がる缶」で待ち焦がれていた「春」を、目から耳からつかまえている。さて、なにをしようか。身体も心も音をたてて、春のありがたさを実感している。

雨ぞ降る渋谷新宿孤独あり

川上三太郎

雨はどこにでも降る。もちろん、渋谷新宿にも雨が降る。地方の者には渋谷新宿には賑やかで華やかなイメージがあるが、そんな場所ほど回収され得ない孤独を抱え込んでいるのかもしれない。「雨ぞ降る」「渋谷新宿」「孤独あり」と独特の言いまわしで、今雨が降っている渋谷新宿を「私」を媒介にして孤独と関係づけている。見えない「孤独」を見える「雨」がクローズアップし、「私」にいっそうの「孤独」を感じさせる。

今日も銀座の一角に佇ち、開けゴマ

星野光一

「アラビアン・ナイト」のアリババと40人の盗賊が、魔法の言葉「開けゴマ」を唱えると、盗んだ宝物が隠されていた洞窟の扉が開く。そんな呪文を銀座で唱える。かつての銀座は江戸幕府直轄の銀貨の鋳造・発行所であった。今の銀座も華やかに賑わっている。その一角に佇って、唱える。なにかを一変したいのだ。でも、まだ、扉は開かない。だから、「今日も」繰り返す。その姿を想像すると少し哀しくなる。

ガラガラヘビ海に向かって「バカヤロー」

吉田吹喜

ガラガラヘビが海に向かって「バカヤロー」と叫ぶわけがないから、叫んだのは作者だろう。「バカヤロー」と叫びたいことがあっても、そんなことは微塵も感じさせないで生きていくのが世の中である。だから「ガラガラヘビ」に身代わりをしてもらった。ではなぜ「ガラガラヘビ」なのか。ガラガラヘビは蛇の中では大柄で、危険が近づくと尾を急激に振って、「じゃあ」とか「じい」とかの独特の音を発する。その音が自分の叫びと重なるのだろう。

鬼のカクランと言われ鬼かなと思う

小野範子

「鬼の攪乱《かくらん》」とはいつも極めて壮健な人が病気になることだが、大概は「カクラン」を心配する。それほどひどい症状である。しかし、この句は「カクラン」よりも「鬼」のほうに注目している。鬼で思い浮かぶのはあまりよいイメージではない。赤い顔や青い顔で恐ろしい形相をしていて、人にたたりもする怪物である。しかし、この句は深刻ではなく、私は「鬼」だったのかと、言葉尻をつかまえて、ひっかかってみせる。鬼にもいろいろある。

切腹をしたことがない腹を撫で

土橋螢

テレビの時代劇で切腹のシーンでも見たのだろうか。振り返ってみると、自分の人生は切腹をしなければならない事態に出合わなかったし、これからもそういうことはないだろう。テレビの主人公のようにドラマチックではなく、とりたてて言うほどのことがない平凡な人生だけれど、これでよかったと、ちょっと肉づきのよくなったお腹を撫でながらしみじみ思ったのだ。ただの腹のことを「切腹をしたことがない腹」として見るのがおもしろい。

大声で泣けるのかそのポルトガル

徳田ひろ子

川柳はたった17音であるだけに、言い切って、衝撃度を出すことができる。この句はその瞬発力で、他のすべてをチャラにする力がある。
「ポルトガル」は比喩なのか、単に語感なのか、虚構を作り上げているのか。「ポルトガル」が謎であり突飛であるが、大声で泣きたい作者となぜかうまく二重写しになる。さらに「その」だから、手の届きそうな距離にあり、もどかしさも感じさせる。解釈はできなくても「そのポルトガル」には吸引力があり、怯んでしまいそうになる。

滑り台怒ったまんま降りて来る

金築雨学

いやだと言うのに無理矢理滑らされたのか。滑り台を滑ったことぐらいでは解消できない怒りがあったのか。「まんま」だから、降りて来るまでずっと怒っていたのだ。「怒ったまんま」と言われてはじめて、滑り台を怒った顔で降りてくる人が少ないことに気がついた。滑り台から降りるとき、ほとんどの人はなぜか笑っている。口を半開きにして、照れくさそうに滑ってくる。遊具というのはそういう意識で接するもので、そのような意識を持たせる強制力のようなものがある。

涙とは冷たきものよ耳へ落つ

前田雀郎

涙が耳に落ちるのだから、立っていたり、座っていたりするときではなく、あおむけに寝ているときであろう。仰臥して、天井を見つめながら、男（たぶん作者）が泣いている。涙の冷たさがひしひしと身にしみる。

思えば思うほど、思い出せば思い出すほど、忘れようとすればするほど、涙が落ちてくる。自分の力ではどうすることもできない、悲しみのなかにいる。自分の目から流した涙は自分の耳に落ちる。自分で拭うしかない。生きていくことの辛苦、悲哀を感じる。

心配もこたつでするると眠くなり

元禄

『番傘川柳一万句集』

子どもの頃からこたつは好きだった。学校から帰るとすぐにこたつに入る。こたつに入ると身体と同時に心も温まり、今までの緊張が一気にほぐれていくようだった。

経験したことを句にしている。こたつに入ると身体がぽかぽかし、ぼうっとして眠くなる。心配事があるときでも、こたつに入るだけで、安心し、にんまりして、心配も忘れてしまう。「心配」の本質と「こたつ」の効用を、違う角度からうまく言い当てている。

かうやつて寝てる頭の方が故郷

西森青雨

『旅の酒徒』

寝そべってみてふと、故郷はどっちのほうだろうかと思ったのだろう。すると、まさに頭のほうであった。たまたまのようだが、故郷とは足のほうでなくて、自然と頭のほうになるもの、そういうものであると思った。

故郷には両親がいて、先祖が眠り、私を育ててくれた山河がある。故郷から受けた愛と恩を常に忘れないでいる。「頭の方が故郷」に、故郷を離れて生活している人の思いがにじみ出ている。

嘘を覚えた頃から将棋強くなり

柴田午朗

嘘は子どものときから自然に身についていくものだ。わざわざ「嘘を覚えた頃」とはいかにも作りごとめいており、もってまわった言い方である。どうも意味深な嘘みたいである。先の先、裏の裏、を読むことができるようになったのだろう。経験でなにかを覚え、知り、悟り、理解した。その結果、気がつけば、将棋も強くなっていた。もちろん、強くなったのは将棋だけではないはずである。このような把握は意外だが、説得力はある。

どんな日になるのか靴の紐が切れ

鈴木柳太郎

今朝、靴の紐が切れた。この靴も長く履いているので、紐も弱くなっていた。用心して一日を過ごしなさいということだろう。靴の紐が切れたらよくないことが起こるという風説がある。かといって、今日一日をパスするわけにもいかない。いつもと同じようにやり過ごすしかない。気にしてもしかたないが、やはり気になる。「どんな日になるのか」と表現はおとなしいが、心の揺れがわかる。人が生きて、生活していくのはこういうことの繰り返しである。

すっぽりと包めば怖いことはない

但見石花菜

　自分に言っているのか、他人に言っているのか。怖いのは世間か、上司か、妻か、失態か。世の中には怖いものなんかいっぱいある。怖いからつい目を逸らし、見ないようにすっぽりと包んでいる。
　しかし、すっぽりと包んだって、そのなかにあるものは変わらない。消えていくわけでもなく、減っていくわけでもない。ただ見えなくなっただけである。なのに、作者はすっとぼけてみせた。楽天的である。

おかめフト真昼の顔を持て余し

富田産詩朗

「おかめ」とはとりもなおさず愛嬌があり、お多福のお面のように低い鼻、赤くふっくらしている頬で、他の人を安心させてくれる顔である。自分はどうしてこの顔なのだろうか。今まであまり深く考えなかったが、「フト」思った。それもよりによって、お日様が燦々と輝いている真昼に思い、どうすることもできなくなった。
「フト」のカタカナ表記が核心を突いている。生きていれば、世の中には、持て余すものがわんさとある。

この辺で妥協する気の角砂糖

永田帆船

いや、妥協する気なのは角砂糖ではなく作者だろう。夫婦喧嘩でもしたのか。気まずい空気が流れている。どうにかしなくてはと思いながらも、こちらから謝るのも癪にさわる。が、この硬直状態が続いているのもしんどい。意地を張り合うのもだんだんと疲れる年齢になってきた。ひとりで飲む珈琲はおいしくない。なによりもつまらない。角砂糖のように甘く、大人になって、こちらから折れてやろうか。「珈琲が入ったよ。お茶にしよう」と。この句を読んで、久しぶりに角砂糖を買ってみたくなった。

口あけたまんま歯医者が喋らせる

木原広志

できれば行きたくない場所のひとつに歯科医院がある。実は今、奥歯が痛い。ときどきびりっとする。歯医者に行かねばと思いながら、なんとか行かずにおさまらないものかと願っている。この句は歯科医院での出来事をコミカルに描いている。「どこが痛いですか」「がまんできますか」と言われても、口をあけたままでは思うように喋れない。その恰好はなんともあわれで、無防備で降参状態である。うまく返事ができないので、しかたなくうなずくと、歯医者はさも納得したようにどんどんと治療を続けていく。

歯医者から本一冊を借りてくる

安黒登貴枝

　どの病院の待合室にも本が置いてある。診察の順番が来るまで、本を読んで時間を潰す。自分では買ってまで読まないものが大方である。その待合室で読んでいた本を借りたという。しかし、これはなかなかできない。気軽に借りられそうで借りにくい。歯科医院の場面設定がいい。
　どんな本を借りたのだろうか。わくわくして持ち帰ったのだろう。作者は日常のまっただなかにいて、ささやかな非日常のときめきを見つけたのだ。

馬鹿正直に目に目薬をさしている

松原典子

『ねこだまし』

のっけから「馬鹿正直」、そして、「目に目薬」。目薬を目以外のどこにさすというのか。しかし、単なる「目薬をさしている」と比べると、妙なおかしさがある。

目に容器の先があたらないように、目にちゃんと目薬が入るように、目薬をさすのはそう簡単ではない。意識を集中させて、ときには口を開けながらの、その姿はダサい。薬なのだから、必要があってさしているので、むやみにさしているのではないのだが、ふと「馬鹿正直」という言葉が浮かんできたのだろう。

いつの間に寝た仕合せな人の顔

伊志田孝三郎

『待人居』

本屋に行くと、眠るための本が平積みされている。睡眠は現代人にとって重要な関心事である。「眠りたいのに眠れない」と不眠に悩む人が多い。

さっきまで話していた人が、急に静かになったなと思って見てみると、すやすやと寝息をたてている。幼子のように、なんとも無防備で、しあわせそうな顔をして眠っている。こちらまでしあわせになる。さて、私はどんな顔をして眠っているのだろうか。

ドキドキしながら電池を捨てにゆく

湊圭史

電池はゴミ収集場の規定の電池ボックスに入れるので、ドキドキなんてしないであっさりと捨てていた。けれども、ドキドキすべきだったのかもしれない。電池は不思議なものである。あんなに小さいのに、大きなものを動かす。止まっているものを生き返らせる。電池がなければなんの役にも立たないものがたくさんある。「ドキドキ」のカタカナ表記が電池の心臓の音のように聞こえる。容量が残っているのに捨てられた電池はとんでもないものを動かしてしまいそうである。

消音器付きの鐘売って来いってか

水本石華

　除夜の鐘の音がうるさいと苦情が出る世の中になった。みんな、疲弊している。みんな、ぎりぎりなんだと思う。
　寺側からなら「消音器付きの鐘」を「買って来いってか」とぼやいてしまいそうだが、それではあまりにストレートすぎる。「売って来いってか」で登場人物も場面設定もがらりと変わり、愛嬌が出た。苦情を言うのも言われるのも、商魂たくましいのも、それにのせられるのも、人間の可笑しみである。正面からではなく、側面からの批評と想像。世相を把握している。

改札にはさまれているクリスマス

芳賀博子

『髷を切る』

大きなクリスマスプレゼント、あるいはクリスマスケーキを両手に抱え、狭い自動改札口を通過する様子を思い浮かべた。もちろん、はさまれてもすぐにすり抜け、体勢を整えて、クリスマスのわが家に駆け足で帰っていく。

「はさまれているクリスマス」に、クリスチャンでもないのに商戦にのせられて、みんなと同じように行事をやってしまう自嘲を感じる。あたふたとなにものかに振り回されながら生きている、そんなことを思った。

一月一日ああそうかいと足の裏

水瀬片貝

一年のはじまりである。今年こそはと心身ともに引き締め、それなりの心構えになる。なのに、その思いを込めて、今日は「一月一日」であると全身に告げると、足の裏は「ああそうかい」と素っ気ない返事。昨日となんら変わりないのに、と言いたそうである。出鼻をくじかれた感はあるが、それくらいに思っているほうがちょうどいいのかもしれない。やけに張り切ったり、すぐに調子に乗ってしまう私を、足の裏が支えてくれている。だから無事にやってこれているのだ。

スリッパが全部こっちを向いている

こうだひでお

旅館や玄関などに置かれているスリッパのほとんどは、履きやすいようにあっち向きに並べられている。あるいは反対を向いていたりひっくりかえっていたり、雑然としている。それが、全部こっちを向いているという。

今まではスリッパがこっち向きであってもあっち向きであっても、また全部であっても一部であっても、それほど気にとめなかったが、書かれることによって不意をつかれた。こっちを向いているのは、なにかが起こる前触れなのか、それともすべてが終わったあとなのか。

湯たんぽの位置がなかなか決まらない

星井五郎

防寒グッズを見繕いに店頭に行くと「湯たんぽ」の品数の多さに驚かされる。オシャレ度も増し、カラフルで、ひと昔前までのものとはまるで別物である。この句の「湯たんぽ」はひと昔前の、表面が波型に加工された金属性のものだろう。「湯たんぽの位置」は確かにぴたりと決まりにくい。万能の器具ではないから、全体にくまなくとはなかなかいかない。あっちにやったり、こっちにしたりと、その姿を想像すると可笑しくなる。実は湯たんぽ以外にも決まらないことがあるのだ、きっと。

手術記念日鰯の味が舌にある

西山金悦

『天道虫』

一年前、あるいは何年か前のこの日、それなりの覚悟をもって手術に臨んだ。おかげさまで手術は成功し、鰯の、その青魚の味がしっかりわかるようになるまでに回復した。味がわかるのは、健康なときはあたりまえだった。しかし、病気をしてはじめて知った。食物の味がわかることはもったいないくらい尊い。感慨の「手術記念日」、具体的な「鰯の味」という言葉が功を奏している。60歳に大きな手術を受けたときの作品らしい。「舌にある」という表現には生きていることのリアリティがある。

長靴の中で一ぴき蚊が暮し

須崎豆秋

長靴を履こうとしたら、一匹の蚊が中にいた。長靴に蚊がいるなんて思わなかった。こんなところで生活しているのかと、その驚きが一句になった。

蚊がいそうなところといえば水たまりや茂みだが、すぐ思い浮かぶあたりまえの場所だとおもしろくない。かといって、ありえない、とんでもないところだとリアリティがなく、絵空事になってしまう。「長靴」はちょうどいいポイントである。「蚊が暮し」に、蚊に対するあたたかいまなざしを感じる。モノとの距離の取り方がうまい。

眼鏡屋が死んで一・五に戻る

大友逸星

『なまけもののうた』

この句は眼鏡屋が死んでしまって、世の中もなにもかも見えなくなって、悲しくなったという、情に訴えるパターンの川柳ではない。眼鏡屋が死んだことは目のほうでも心得ている。だから、ちゃんと視力を1.5に戻してくれる。眼鏡屋が居たから0.5ぐらいだったのだ。人生はなんとかなるものであり、人間はなんとかして生きいける。アイロニーは川柳の大きな武器である。そのアイロニーをうまく取り入れている。眼鏡屋なんていくらでもあると野暮なことは言わないでください。

湯上がりの爪が立たない夏蜜柑

早川右近

実家の庭に夏蜜柑の木があり、子どもの頃は夏蜜柑がたわわに実っていた。しかし、食べたいとは思わなかった。かたちがでこぼこで見た目も悪く、酸っぱく、なによりも皮は信じられないくらい固かった。

湯上がりはのどが渇いているので夏蜜柑もおいしいだろうけれど、湯上がりの爪はやわらかく、力を入れても太刀打ちできない。夏蜜柑よりも爪のほうに思いの比重がかかっている。夏蜜柑の黄に爪の白、爪の立たなさが見えてくる。モノとコトを写生している。

火曜日の川柳

大阪は轢れかけてもよい所

高橋かほる

「轢《ひか》れる」は自動車か電車に踏みつけられることである。そんなことになったら、死んでしまうか怪我をする。しかし、よくよく読むと「轢れかけても」であって「轢れても」ではない。実際に轢れたら元も子もない。

大阪にはめずらしいものがたくさんあり、キョロキョロとして、ついよそ見をしてしまう。そんなとき、もし、万が一轢れかけることがあっても大丈夫だし、それでも大阪は「よい所」だと礼賛している。危なさとおもしろさは紙一重だ。大阪の魅力を物騒に詠んでいる。

警告が出て押す理容院の椅子

井上一筒

理容院の椅子がたまたま目の前にあったのか。そのときに警告が出たので、咄嗟に押してしまったのか。しかし、警告が出たら、他にしなければならないことがあるはずである。「理容院の椅子」のことをなにかヘンだと思ってしまう深層心理を突いているような気がする。別に理容院の椅子を押してもいいのだ。常日頃道徳的倫理的にヘンだとひと括りにされることへの、それこそ警告だろう。「理容院の椅子」を押すことは定められた世界への反抗だろうか。アイロニカルな視線がある。

塀があるここ中《なか》やろか外《そと》やろか

森本夷一郎

『森本夷一郎川柳作品集』

今いるところは塀の中なのか、外なのか。あたりを見回しながらふと考えてしまうとは、なんともとぼけた川柳である。「やろか」には関西弁独特のイントネーションがある。疑いの意をもった推量の「だろうか」で、五七五のリズムと共につぶやくような「やろか」が効いている。塀は比喩だろう。さて、あなたは塀の中、塀の外、どちらにいるのでしょうかと問われている。塀の外にいるつもりが案外塀の中に居るのかもしれない。その反対もありえる。

無理やりに割り込むおばちゃんがいて満月

徳山泰子

やっと前の席が空きそう。今日は仕事で疲れていたので立っているのがしんどい。前に座っている人に、次の駅で降りてほしいとずっと願っていた。やっと座れる。がーん、おばちゃんが割り込んできた。わ〜っ最悪。でも、しかたない。あきらめて、おばちゃんの頭越しに窓の外を見たら、満月。今日は満月だったのか。なんか、得をした気分。満月って、ほんとにかっこいい。おばちゃんも疲れていたのだ。そういえば、おばちゃんのお尻も満月もまんまる。さあ、早く家に帰ってお風呂に入ろう。

塵芥車先ゆく春の彩をもたず

今井鴨平

『川柳新書第二五集　今井鴨平集』

「塵芥車《じんかいしや》」とはゴミ収集車のことである。「塵芥車」で切るのか、「塵芥車先ゆく」で切るのか迷った。「塵芥車」で切って読むと、塵芥車の先をゆき、追い抜いていくのは、色とりどりの新しい車だろう。まぶしいほど輝いて、元気である。「塵芥車先ゆく」で切ると、春の彩を持たない塵芥車が私の先を行く、になる。明るさはなく、役目だけを担っている。どちらだとしてもひとり取り残されていく感があって、しんみりとする。

変人が三人集つて日が永し

藤村青明

『青明句集』

変人の3人に作者自身も含まれているだろう。ああでもないこうでもないと、解決できないことを言い合って日がな一日を過ごす。3人が一番まとまりにくい人数かもしれない。自我を持て余している青年たちの姿が思い浮かぶ。

青明は26歳の若さで、須磨海岸での海水浴中に心臓麻痺で溺死した。『青明句集』は死後二十年たって椙元紋太・木村半文銭のふたりが編集。繊細で感受性の豊かな作品を残した。

わけあってバナナの皮を持ち歩く

檜崎進弘

『現代川柳の精鋭たち』

「わけあって」とは意味深である。だから、一体何事かと身を乗り出して読むと「バナナの皮」。「バナナの皮」はふつう、わけがあって持ち歩くものではない。バナナの皮を捨てるのを忘れるほどぼうっとしていたのか。それとも本当に意味があったのか。言葉の持つ微妙さ、嘘くささの、この外し方にしてやられる。「バナナの皮」は具体的なモノで、提示されることによってはじめて質感と存在感がクローズアップされ、一人歩きする。オフビートな川柳である。

徘徊と言うな宇宙を散歩中

野沢省悟

「徘徊」を辞書で引くと「どことなく歩きまわること。ぶらつくこと」とある。しかし、実際にはあまりいい印象はない。「宇宙を散歩中」と言われてはじめて、そういうことなのかと気持ちが軽くなった。当事者にとってはきれいごとですまされない場合もあるだろうが、徘徊に対してそういうまなざしを提示することも、物を書く人の役目だろう。遠からず、私たちは皆「宇宙を散歩中」になるかもしれない。

なんぼでもあるぞと滝の水は落ち

前田伍健

滝を詠んだ有名な俳句に、後藤夜半の〈滝の上に水現れて落ちにけり〉がある。伍健の川柳と並べると、俳句と川柳の違いの一端が見えるように思う。夜半の俳句は作者の顔は見えないが、伍健の川柳には作者がぬうっと顔を出している。どちらも実際に滝を見ての写生句だろう。夜半はあくまでも滝を見ている人であり、滝そのものを詠んでいる。伍健は滝に成り代わって、滝を自分に引っ張り込んでいる。「なんぼでもあるぞ」という言い回しの生き生きとしたおかしみが川柳の味を引き出している。

おや降って来ましたまでの立話

山本半竹
『はんちく』

偶然会って、「久しぶりですね」と、世間話などをする。近況を聞いたり聞かれたりしているとぱらぱらと雨が降ってきた。「雲行きがあやしいですな」「本降りにならないうちに」「では、また」となったのだろう。シンプルでどこにでもありそうな一場面である。

日常のひとコマを切りとって、人と人との関係性の輪郭を捉えている。「立話」は気のおけない雑談であり、膝を突き合わせて話すような深刻な話ではない。“軽み”の川柳である。

自転車を停めてたばこを吸うている

奥野誠二

停めたついでに一服したのではなく、わざわざタバコを吸うために自転車を停めた。作者本人のことを詠んだのか、そういう人をたまたま見かけての一句なのか。どうも後者のような気がする。この上なくおいしそうに吸っている姿が印象に残ったのだろう。

コト（景）に引きつけられて川柳にする。おもしろいと思った。たいそうな意味があるわけではない。たいそうな意味がないからの豊かさが残る。

フリスビーのうまい塗装工見習い

酒井かがり

お昼休みにフリスビーをしているのだろうか。塗装工見習いのフリスビーがうまい。身体の動きが機敏でシャープで、目は輝き、いきいきとしている。仕事をしているときとはまるで別人のようである。人はそれぞれ得手不得手があり、意外な一面をもっている。

フリスビーは予想もつかないスピードや曲がり方をする。それを器用に操る彼に作者は感情移入している。作者の立ち位置と眼差しを感じる。フリスビーがうまい彼はきっと一人前の塗装工になるだろう。

石けん箱と詩人銭湯の隅にいる

堀豊次

湯のいきおいに流されて銭湯の隅に転がる石鹼箱。誰とでもは気安く打ち解けられず、すぐには世間話の輪に入れず、銭湯の隅で黙って湯につかっている詩人。詩人とはどういう人なのかはなかなか言えないが、詩人の一面を言い当てている。「石けん箱」と「詩人」にはなんの関連性もないと思っていたが、こんなところに共通項があった。作者の発見である。距離のあるふたつのものをユニークに共存させた。

エレベーターをわたしのために呼びつける

山本洵一

エレベーターはボタンを押すだけでいつでもすぐに来る。当然のことだと思っていた。他に人がいなくて「わたし」ひとりのときも来てくれる。しかし、それはエレベーターを「呼びつけ」ていることだったのだ。「わたし」のために黙って来てくれて、希望の階まで連れていってくれる、あらためてありがたいと思った。シニカルでとぼけた味がある。

大阪市都島区に鳴るギター

中尾藻介

『中尾藻介川柳自選句集』

仕事か用事か、偶然通った都島区で、偶然にギターの音色を聞いたのだろう。窓辺でギターを弾く姿は映画のワンシーンにもよく使われていた。ギターを弾く姿は絵になり、その音色は哀愁を誘う。弾いている人と同じ感慨にふけったのかもしれない。

都島区は大阪市の北東部に位置し、区の北部には淀川が流れている。この句を最初に見たとき、「大阪市都島区に」が五七で、地名をこんなふうに詠めるのだと感心した。

明日らしく新金属が煮えている

兵頭全郎

「明日らしく」という日本語は聞いたことがない。どう受け取ればいいのか、もたもたする。「新金属」も首を傾げる。新人類は人類だが、新金属は金属とはまったく別のものかもしれない。未知の明日を想定しながら新金属は煮えるのか。

このようなかたちで意味を放出する川柳もある。作者は以前「書くほどの思いを僕は持っていない」と発言したが、確かにこの句に作者の思いは見当たらない。そして、意味をひとつひとつ拾っても解釈は困難である。

本棚の奥を金魚売りが通る

辻一弘

作者の住む京都の路地にはいろいろな物売りが通っていた。本棚は路地に面していて、そこには生きていくなかで影響を受けた本が数限りなく並んでいる。その奥を金魚売りが通っていった。涼しそうな声が爽やかな風を運び、部屋の空気も変える。さっきまでの沈んでいた気持ちも、ちょっと違ってきたような気がする。その声が子どもの頃の夏の記憶と重なり、ここではないどこかに連れていってくれそうな気がした。

元旦のかがみへ鼻などをうつす

尾藤三柳

「元旦」はいつもと同じ朝なのに、いつもの朝ではないような気がする。一年で最初の朝に最初に出会った自分の顔。去年もこの顔でやってきたし、今年もこの顔でやっていく。そのなかでもまんなかに鎮座している鼻。普段はそんなに気にならないが、よく見ると私自身を象徴しているようでもある。目や口など他のパーツもあるのに、鼻ばかりが気になる。「今年もどうぞよろしく」と鼻に触れて、もうひとりの私に差し出すように、鏡に映す。なぜ、そんなことをしてみたのか、それは元旦だからである。

画家よ　私なら一切を無色で描く

北村雨垂

一般的な画家にとって色彩は重要であり、大事な見せ場である。その画家に向かって、「無色で描く」と叫ぶ。不遜な一句にびっくりすると同時に、そんな宣戦布告する必要性はどこにあるのかと思う。

これが、彼の強烈なアイデンティティだ。他と区別することによって、自分を出していくしかない。だからこそ、画家に対して「無色で描く」と言い切ってしまうのだろう。自意識が強く、傲慢な、雨垂の存在証明のような一句である。

街枯れて切絵の魚が眠らない

大島洋

『人間寒流』

「街枯れて」「切絵の魚」と言葉に独特の装飾をほどこしている。まるで鮮明な絵を見ているようである。
「街枯れて」とはどんな街なのだろうか。街は人々が居てこそ、動いていてこそ、街である。その街が枯れている。人も動物もそこにはもういないのだろうか。「切絵の魚」は枯れる以前の街を忘れることができない。だからきっと、静かに眠りにつくこともできないのだろう。

十年先の花簪も面白い

高橋蘭

「花簪《はなかんざし》」は小さな布を花のかたちにつまんで作る髪飾りである。舞妓さんの簪や七五三の髪飾りに使われる。
「面白い」は含みのある言葉である。十年先も見ものであるということか。変色したり、かたちが崩れたり、見るに堪えないものになっているのか、あるいは十年先も同じ美しさを保っているのか。扱われ方が一変しているかもしれない。
「花簪も」だから、私も歳はとるがおもしろいぞと言っているのだろう。あるいは「花簪」はあっても、私はもう存在していないかもしれない。さて、どうなっているのか。

美りっ美りっ美りっ　お言葉が裂けている

中西軒わ

活字になったのを見て、「美りっ美りっ美りっ」だとはじめて知った。この句を耳で聞いたときは「ビリッビリッビリッ」だと思っていた。「ビリッビリッビリッ」と衣服の裂ける音が、身体と衣服の不協和音、ひいてはすべてのものに対して不協和音を発信しているように思った。「ビ」の音にわざと「美」を当てはめて、「美りっ美りっ美りっ」の字面が生まれた。「お言葉が過ぎます」のもじりの「お言葉が裂けている」の馬鹿丁寧な措辞。批評性を存分に浴びせて、ユーモアを押し込んでいる。

砂漠恋しや　画廊を抜けてゆく駱駝

草刈蒼之介

駱駝《らくだ》の絵を見ていたら、図体の割にはおとなしい顔で哀しそうな目をしていた。砂漠が恋しくなって、その駱駝が画廊を抜けていくように感じたのだろう。

一見、メルヘンチックだが、とどまらないものを絵の中の駱駝に感じたのだろう。虚しさを見たのだ。それは作者自身の中にあるものである。生きていくなかには割り切ろうとしても割り切れないものがある。決意と勇気を持って、駱駝は作者の了解を得たように駆け抜けていった。

カレーライスにぶすぶす埋める平均値

石川重尾

カレーライスは手軽ですぐに満腹感を与えてくれる優良な料理である。カレーライスが嫌いな人はあまりいない。そんな満足度の高いカレーライスに八つ当たりしている。今の世の中はいろいろなことを画一化する。感受性に対しても平均化がはかられる。平均値から外れたくない、外れていると思われたくない。それに対峙し対抗するための、もしくはどうすることもできなくての「ぶずぶす」だろう。「ぶすぶす」は尖ったものを柔らかくて厚みのあるものに繰り返し刺す音で、切実さと意志がある。

おっとそれは飲めない　インクである

河野春三

いくらきれいな色をしていても、インクと飲みものは別物である。だが、一句のスパッとした言い切り方と独自のリズムから、インクの鮮やかな色が目に飛び込んできた。
しかし、作者は革新的で挑発的な柳誌を起こしては潰した河野春三である。ここは「飲めない」＝「受け入れられない」と読むべきだ。その案件は私にとって飲めないインクのようなものであり、到底納得できないという、強い意志表示であろう。

私的空間とゴム風船と針

佐々木久枝

3つの名詞が「と」でつながれ、ぽんと置かれただけの、なんとも愛想のない川柳である。「ゴム風船」と「針」は具体的なモノだ。針でプチッと刺してゴム風船を割り、誰かをびっくりさせようとするいたずらが思い浮ぶ。「私的空間」は抽象的である。誰にも邪魔されない、私だけのとっておきの空間のことだろう。

「ゴム風船」の外も中も空間ではあるが、プチッという音とともに空間同士が結合し、日常が日常ではなくなる。そのとき、「私的空間」とはどこを指すのか。

コンパスの巾、平面を生まんとす

藤井小鼓

こういう雰囲気の川柳はあまり見たことがない。コンパスを使うとその「巾《はば》」によって平面ができる。たったそれだけのことだ。しかし、こういう世界観もあると思った。

実際にコンパスを使って円を作ったのか。それともその光景を目にしたのか。コンパスの幅を狭くすると小さな円、広げると大きな円、同じ円や大小異なる円が単純な作業で確かなものとしてつぎつぎと生まれる。平面の向こう側の知らない彼方、目の前の世界を確認しようとしている。不思議な句である。

大雪のため初夢が遅れてる

丸山進

目覚めたら、初夢を見ていないことに気づいた。初夢は元日の夜、または正月二日の夜にみる夢。この夢で一年の吉凶が占えるというのに、どうも見なかったようだ。そういえば、昨夜は大雪だった。そのせいならばしかたがない。
大雪のために飛行機や列車が遅れたり、物資が届かなったりすることはあるが、初夢はその類ではない。そもそも初夢が遅れるという発想自体がへんだが、そのおかしみに心がふわっと軽くなる。そして、嚙み合わない場面展開が、ファンタジーの世界にかろやかに運んでくれる。

日常よ鷗ととべば撃たれるか

岩村憲治

「日常よ」と日常に語りかけているようであり、また一方で日常とはなんなのだろうかと自身に問いかけているようでもある。生まれ出てしまったからには否が応でも日々を暮らしていかねばならない。つつがなく暮らしていくためにはまわりに合わせる必要がある。広大な海を自在に優雅に飛ぶ鷗《かもめ》のようにはいかない。もし、鷗と一緒に飛んだら撃たれてしまうかもしれない。「撃たれるか」と思ってしまうところがなんとも切ない。大きな諦観がある。

にんげんの胃袋から人間の骨

梅村暦郎

強い内容にどきりとする。怪奇ものではない。社会性川柳である。戦時中、人が人を食べて、飢えをしのぎ、生き延びた。「にんげん」と「人間」の表記が使い分けられている。「人間」は殺されたか、病気や飢えで死んでいった人である。「にんげん」はその「人間」を犠牲にしなければ生きられなかった人である。そうしないと「にんげん」を保てなかった。そんな時代がほんの少し前に、確かにあったことを忘れないでおこうと思う。

恋せよとうす桃色の花が咲く

岸本水府

恋するのは佳きことである。この川柳は水府19歳のときの作である。「うす桃色の花が咲く」なんて、なんと余裕があって、大人びて、おおらかであろうか。

水府の句は決していやな気分にさせないでじっくりと味わわせる。川柳の立ち姿、あり様を見せている。肯定的な人生観に基づいているように思う。本当にそう思っていたのかどうかはかなり疑問だが、そのほうが生きやすく、この世をうまく通過していくコツであると言っているような気がする。

君見たまへ菠薐草が伸びてゐる

麻生路郎

『川柳全集第二巻　麻生路郎』

緑の季節に緑のものを食べると身体にいいらしい。ほうれん草も緑のにおいがつんとして、ポパイではないが食べると力をもらった気になる。しかしこの句では、食材として見ていない。ほうれん草の伸び具合に焦点をあてて、人に聞くことなどふつうはしないので、目の付けどころが川柳人っぽいと言えるだろう。「見たまへ」と言われた君はどう返事したのだろうか。「きれい」だろうか。それともつい「おいしそう」と言ってしまったか。どちらにせよ返答に困ったはずである。

長い長い手紙を書いてきた海だ

前田一石

『セレクション柳人17　前田一石集』

夏の終わった頃の海は穏やかである。夏にあんなにぎらぎらとまぶしいくらいに光っていたのが、嘘のように静かに波打っている。もうすぐ厳しい冬の海を迎える。海を題材にした川柳は意外と少ない。海を「長い長い手紙を書いてきた」と捉えたところに詩情がある。ファンタジーにいくのでもなく、海との距離感に日常性がある。

我が家から1キロほどで瀬戸内海である。海を見るとなぜか心が落ち着く。海がこんなにきれいだなんて、若い頃には気づかなかった。手紙を書き終えた海だったのだ。

菊貰う菊より美しいひとに

丸山弓削平

田畑には菊がよく植えられている。それらは菊花展に出品するような豪華で丹精込めて育てられたものではなく、野菜が植えられている隅に仮住まいするように咲いているものであり、そのほとんどは小菊である。なぜ田畑に菊を植えるのかが不思議でならなかった。誰に見せるつもりのものなのかと思っていた。あとで、それは仏壇や墓に供えるためのものだと知り、納得した。

仏さんに、と菊をもらったのか。その人が美しかったのだろうが、そのように感じた作者の心根がやさしい。

少年は少年愛すマヨネーズ

倉本朝世

『硝子を運ぶ』

少女からは女のにおいがするが、少年からは男のにおいがしないらしい。「少年」という言葉には純粋性が漂う。「少年は少年愛す」は「愛す」だから、単に好きだというレベルではない。しかし、なぜ「マヨネーズ」なのか。チューブからしぼり出される薄黄色のぬるっとした触感を思い出した。つやつやもしている。「少年は少年愛す」と「マヨネーズ」の二物衝撃ではなく、アナロジーだろう。ふたつ並ぶと好奇心や嫌悪感が相殺される。作者の直観が立ち上がった。

動物園に来たら男はよく喋る

渡辺和尾

　ある場所に来たら、急に饒舌になる男性がいる。この句では動物園。この猿は尻尾が長くてとか、赤い実しか食べないとか、どこから来たとか蘊蓄をたれる。今までの無口はなんだったのかと思う。
　のんびりしている（ように見える）動物たちを目の当たりにしたら頭が軽くなり、心が解放されて、口も軽くなるのかもしれない。そういえば、最近読んだ小説『楽園のカンヴァス』（原田マハ著）で動物園はジェットラグ（時差ぼけ）に効く場所だとヒロインが言っていた。

おいしいと言うまでじっと見つめられ

藤本秋声

ラブラブな恋人同士ならいざしらず、一般的にはそんなに見つめてほしくない。しかも、「おいしいと言うまで」とはなおさらである。おいしいと言ってもらうのをじっと待つ可笑しさ、言うまでじっと見つめ続けられなければならない可笑しさ。どちらもごくろうさんなことである。

作者個人の自宅の食卓風景の1コマを詠んだというよりは、どこかで見聞きした日常を切り取って一句にしたのだろうと思う。川柳の特質のひとつに客観性がある。世態を客観的にながめて、世態を穿っている。

恋人の膝は檸檬のまるさかな

橘高薫風

『檸檬』

檸檬といえば、鮮やかな黄色がぱっと目に浮かび、酸っぱさが口中に広がる。そのかたちは横長の楕円形で、丸いといえば丸いが、よもや、恋人の膝の比喩に使うとは思わなかった。確かに膝は微妙な位置にあり、質感が恋を象徴している。しかし、現代の若い女性なら檸檬の丸さと言われてもそんなに嬉しくなく、ピンとこないだろう。それよりももっとインパクトのある、いかにも美しいという褒め方をしてほしいと望むのではないだろうか。それともシンプルさと意外性で、思いのほかウケるのだろうか。

恋人と陶器売場で見る夕日

畑美樹

『雫』

夕日を見るためにわざわざ山に登ったり、絶好のスポットに行ったりすることがある。しかし、この句は夕日を見るために陶器売場に行ったのではない。偶然目にしたのだ。恋人と新生活に必要な茶碗やコップを買い求めているときに、思いがけなく、夕日が差してきた。どちらともなく気づいて、ふたりで夕日をながめた。恋人と陶器売場と夕日との絶妙なコラボレーションである。明るい未来だけではないが、この夕日が今のふたりを祝福し、照らしてくれていることは確かである。

踊つてるのでないメリヤス脱いでるの

根岸川柳

『考える葦』

メリヤスとは毛糸や綿糸で編んだ伸縮性に富む布地のことで、ここでは紳士用の股引のことである。昔は今のようにヒートテックのレギンスのようなかっこいい下着がなく、中年以上の男性のほとんどは保温性のある股引を愛用していた。これが肌にぴたっとくっついて脱ぎにくい。片足から脱いでいくと、バランスを崩してこけそうになる。オットットと必死になって、手をあげる。その恰好はまるで踊っているようだ。客観的な描写に力がある。本人が必死であるだけに滑稽で、飄逸で、やっぱり笑ってしまう。

暴風と海との恋を見ましたか

鶴彬

鶴彬は〈万歳とあげて行つた手を大陸において来た〉〈手と足をもいだ丸太にしてかへし〉〈屍のゐないニュース映画で勇ましい〉などで、反戦川柳作家として、川柳以外の人にもその名はよく知られている。

この句は鶴彬16歳のときの作。彼は石川県で生まれ育った。日本海のあの荒波を、「暴風と海との恋」と捉えている。そして「見ましたか」と自分自身に確認するかのように問いかけている。詩的でロマンチックである。

乳のある方が表でございます

草地豊子

一読して大笑いしてしまった。確かに「乳のある方が」表であり、前である。間違ったことはなにも言っていない。しかし、乳に対して表とか裏とか、こんなにパンチの効いた把握をすることはまずない。
「こんな恥ずかしい句はよう書かんわ」と作者に告げると、「恥ずかしがってるうちはええ川柳は書けへんわ」と笑って言われてしまった。私はまだまだ修行が足りず、ええかっこして川柳を書いていると痛感させられる。インパクト抜群の川柳で、何度読んでも降参するしかない。

世帯して俺のくらさにおどろくな

井上刀三

『雑音に生く』

「世帯する」とは所帯を持つ、結婚するという意味である。結婚したら違う人みたいだったというのはよく聞く話だが、亭主関白とか、酒乱とかではなく、この人が普段他人に見せていなかったのは「くらさ」だったのだ。そのことに彼自身気づいていたし、気になっていた。だから、「おどろくな」と高飛車に出た。高飛車に出たのは含羞で、どうしても言っておかねばならないという思いやりだろう。

宇宙から持って生まれてきたセンス

小島蘭幸

あの人はセンスがいいとか悪いとか、わりと軽々しく言う。が、「センス」とはなにかとあらためて考えると、原因のわからないものであると気づく。そのどこか理解し難い「センス」を「宇宙から持って生まれてきた」と言われた途端に、理屈ではなく、どっと広大な領域に連れていかれる。「センス」の謎の一端が解けたようにも思う。あまりいいとは言えない私のセンスも「宇宙から」と言われるとあきらめもつき、なにやらありがたく、かけがえのないもののように思えてくる。

世界からサランラップが剥がせない

川合大祐

『スロー・リバー』

透明で薄いサランラップは一見はかなそうに見えるが、冷凍保存や電子レンジにも対応できるほどの強靭さを持っている。もともとは戦場などで銃弾や火薬などを湿気から守るために開発されたものであり、その生まれからしても手強く、いわくありげである。

世界と自分を遮断するものがある。薄っぺらで向こうははっきりと見えるのに、そのたった1枚があるだけで世界に接触しようとしても直に触れられず、一員に加わることができない。世界に対してのもどかしさを感じさせる。

掌の筋に運があるとは面白し

村田周魚

手相占いをしたことのある人は多いだろう。てのひらを広げて、自分の運命を占ってもらう。いくら軽い気持ちであっても、蘊蓄を傾けて、なにやら言われるとやはり気になる。この線が伸びているから長生きできますよ、ここと ここがつながっているから運がありますよ……良いことを言われたら嬉しいが、悪いことを言われたら落ち込む。

人の心の微妙さをついて、手相で運なんて決まるわけがないと切り込んだ、皮肉の句だと最初は思った。が、「面白し」である。ただおもしろがっているのがおもしろい。

なめくじには眼がない　だから私は生れ

中村冨二

『中村冨二・千句集』

なめくじは触角の先端に目があるらしく、懸命に触角を伸ばしている姿を見かける。その様子と自分の出生を結び付けている。しかし、なめくじに目がないことと私が生まれたことは本来なんの関係もなく、別次元のことである。

なぜ自分がこの世に生まれてきたのか、なぜ存在しているのかとは、誰もが一度は思うことである。生きて在ることの切なさや空しさを、感傷に陥ることなく、アイロニカルに表現している。強引な「だから」が効いている。

生きるとはにくやの骨のうずたかし

平賀胤壽

『生きるとはにくやの骨のうずたかし』

「生きるとはなにか」は永遠の課題である。しかし、生きていかねばならない。その前に食べなくてはならない。この句は肉屋を描写しているのだろう。表では生きるために肉を買う人があり、裏にはその肉から切り離された骨がうずたかく積まれている。

人は生き物を殺して生きのびてきた。生きるとはなにかの犠牲の上で成り立っている。「あなたは、あなたが食べたものでできている」というコマーシャルがあったのを思い出した。

スタートライン棒一本ですぐ引ける

濱山哲也

『川柳作家ベストコレクション　濱山哲也』

その1本の棒を引きさえすれば、たったそれだけでものごとは始まるのだ。しかし、たったそれだけのことがなかなかできない。なにかを始めようとするとき、なにかをしなければならないときに、やり始められない言い訳だけがすぐに思いつき、結局なにもしない。そんな自分を反省した。

一句を読むことによって、日常を捉え直すきっかけが与えられる。たぶん、作者も書くことによって我が身に言い聞かせて、自分を振り返っているのだと思う。

おかしいおかしいと行くゆるいカーブ

炭蔵正廣

私はかなりの方向音痴で、よく道に迷う。目的地に着けないこともたびたびある。途中でおかしいと思っても、それでどうすればいいのか、その修正の方法がわからない。だから、おかしいと気づいてもただ前に進むしかない。「ゆるいカーブ」がうまいと思った。カーブだから今までの道は徐々に見えなくなる。振り返っても、そこに出発地点の景色はない。人生もそうかもしれない。変だなと思っても、前進し、なんとかなると信じるしかない。でも、おかしいというのはうすうす気づいている。

夜へ夜へ転がってゆく僕のフタ

むさし

『亀裂』

フタは軽くて油断するとすぐにどこへでも転がっていく。それも転がっているのはよりにもよって「僕のフタ」のようだ。「夜へ夜へ」とは、一体なにを考えているのだろう。フタのとれた僕はどうすればいいのか。これからはフタなしで過ごすのか。あるいはフタを追いかけて、一緒に夜へ夜へ転がっていかなければならないのか。
「フタ」と「夜」の組み合わせがヘンだが、「フタ」で言葉の味が出た。中身や器そのものに比べて、どうってことないと思っていた「フタ」の存在感を一気に持ち上げた。

終らないものにかけてるマヨネーズ

米山明日歌

「終らないもの」とはなんだろうか。作者の心のうちにある自我の痛みのようなものかもしれない。ピリオドを打ちたくても打てない。そういうとき人は、自分なりのやり方で対処しようとするか、あきらめの心境に切り替える。

味をなんとかしたいときのマヨネーズは万能の調味料である。「終らないもの」にぎゅっとしぼってかけてみた。マヨネーズには霊力のようなものが備わっていて、効き目があるかと思ったが、「終らないもの」はずっとそこにあり続けている。「マヨネーズ」で抒情が出た。

味噌汁は熱いか二十一世紀

田口麦彦

『昭和紀』

冷めた味噌汁なんて飲めたものではない。21世紀になっても、それは変わるはずがない。なのに「味噌汁は熱いか」と問う。この句は20世紀に作られた。21世紀はあたりまえなことがあたりまえでなくなっていく世の中になるのではないかと懸念しているのだろう。あるいは白いご飯に味噌汁という定番の食卓は時代遅れだと言いたかったのか。新しい世紀の幕開けは、期待と同時にこの先どうなっていくのかという不安もつきまとう。そういえば、世紀末という言葉も流行った。

あぶらあげあるとあんしんしてしまう

岩根彰子

油揚げは冷凍保存できるので、我が家の冷凍庫にはいつでも2、3枚は常備している。地味だがなくてはならない食材で、あるのとないのでは料理の出来ばえが格段に違ってくる。

まんまるいひらがなが絵のように跳ねて、やわらかく、目で楽しませる。前半の4つの「あ」、後半の3つの「し」のたたみかけるような韻。生活臭が緩み、意味もどうでもよくなってくる。目と耳が言葉の隙間を想像させる。実用の意味を超え、ほんわかした雰囲気をかもし出している。

紀元前二世紀ごろの咳もする

木村半文銭

風邪をひくと、喉が痛くなり、すぐ咳が出る。身体が異物に反応して、防御している。それにしても、「紀元前二世紀ごろの咳」とはなんとスケールの大きい句だろうか。「紀元前二世紀」にそれほどの意味を持たせようとはしていないと思う。私が今ここに生きて動いていることを実感し、人というものの存在、その不思議さを詠んだのだろう。咳を通して、遥か昔につながっている自分の存在を確かめている。

膝を抱く土佐は遠流の国なれば

古谷恭一

『セレクション柳人15　古谷恭一集』

「遠流」とは最も重い流罪のことである。佐渡や隠岐は聞いたことはあるが、土佐もそのような土地であったらしい。この句の作者には、そこに生まれ育ったこだわりと自負がある。土佐に生まれた者の宿命なのか、社会に合わせられない、すんなりといかないものを自分は抱えている。だからいつも哀しく、たえず愚かで滑稽である。膝を抱くしかない。うまく立ち回れない自分を納得させている。

鏡ありて人間淋しい嗤ひする

小宮山雅登

『川柳新書第一九集　小宮山雅登集』

　鏡に向かうとなぜか表情をやわらげてしまう。とくにおかしくもないのに鏡に向かうとにこっとする。どうしてなのか。自分で自分をにらみたくない。こわい、きつい、かたい、そんな自分の顔は見たくない。
　しかし、いくらにこっとしても、それはまさしく「淋しい嗤ひ」である。自分を見下しているかのような漢字の「嗤ひ」が効いている。人の繊細さ、感じやすいさまが、なんとも言い表せない抒情性をもって表現されている。

あまり静かなので骨壺を揺する

菊地俊太郎

妻が死んで、ひとりになった。静かである。物音ひとつしない。骨壺の妻に話しかけるように揺すってみた。揺すってもかたかたと音がするだけで、明るい妻が戻ってくるわけではない。死んでしまった現実にあらためて直面する。

骨壺は揺するものではない。それでも揺すってみたくなる心境が切ない。寂しさの度合いが半端ではない。ぞくっとするほどのリアリティがある。

毬をつくまだわからぬかわからぬか

松岡瑞枝

『光の缶詰』

恋の句だろうか。毬をつく音が聞こえてきそうである。勢いはますます強くなり、てのひらが真っ赤になっていくのが想像できる。「まだわからぬかわからぬか」は自分に怒り、自分に言い聞かせているようにも思える。じっとしておれなくて、他のものを傷つけ、ひいては自分をも傷つける。しかし、毬はどれだけついても壊れない。なにをしても現状は変わるわけがなく、どうすることもできない。そのことは作者が一番よく知っている。作者の心が痛々しい。

つぶ餡のままで消えようかと思う

谷口義

つぶ餡派とこし餡派がある。わが家でも2対2に分かれる。つぶ餡は小豆の粒の皮を取り去らない餡で、粒のままを残す。こし餡は小豆の皮を取り去ったものである。「つぶ餡のまま」というのは口当たりがよくなくても、なにかしらの自分を保ったままという意味だろう。「消えよう」とはその場からいなくなることだとすると、死を意味するのだろうか。悲壮感が漂うはずだが、「つぶ餡」がやわらげる。「かと思う」とさらっと書いているのもいい。おおげさな言いまわしはしないという矜持だろう。

鳥籠から逃してあげるわたしの手

西田雅子

『ペルソナの塔』

狭い鳥籠の中を不自由に飛び回る鳥を見ていたら、鳥を鳥籠から逃がしてあげたくなった。手をそっと鳥籠に入れて、鳥を捕まえて、外に出す。そのときに私の手に目がとまった。わたしの手もいろいろと我慢している。鳥と一緒にここではないどこかへ逃がしてあげようと思ったのか。そういえば、鳥と手、なんとなくかたちや動きが似ている。「鳥籠」は生活全般の比喩で、そこから「わたしの手」、私の一部分を、自由にさせてあげるという意味かもしれない。

しあわせをはさむ　がらすのぴんせっと

高田寄生木

『北の炎』

「しあわせ」を「がらすのぴんせっと」でつまんでなにかに挟むのだろうか。このしあわせは小さく、壊れやすい。そうっとそうっと大切に扱う。生きていて、しあわせと感じることはそうたびたびあるわけではない。たまにしあわせと思うときがあるから、そうではないときもなんとかやり過ごしていける。まれに来るしあわせだから、ありがたさも格別になる。ひらがな表記のやわらかさで、「しあわせ」も「がらすのぴんせっと」もきらきら光っている。

生も死もたった一文字だよ卵

玉木柳子

『砂の自画像』

余分な心情表現はまったくない。言い聞かせているような、独特の空気感が漂う。確かに、「生」も「死」も「卵」もたった一文字であるが、一文字の漢字なんて他にもいっぱいある。その中で「生」と「死」は両極である。それを「一文字」という共通項でくくり、「卵」という「生」と「死」をあわせ持つものに語りかけた。卵に向けるまなざしを感じる。「生」と「死」を把握させ、切実さやはかなさを確認させているのだろうか。生も死も、たった一度しか起こらない。

おんがくが耳をさがしている　冬

松本芳味

『難破船』

この句の「冬」は実際の季節というだけでなく、社会や人間の心の寒さを表している。また、ここでは耳が音楽を探しているのではない。音楽が聞いてくれる、わかってくれる耳を探して音を立てている。身体が冷たくなって、心も次第に冷たくなっていく。しかし、そんなときでも、あるいはそんなときだからこそ、音は耳との出会いを待っている。自分を理解してくれる人や社会を求めて、音楽は鳴り止まない。

マネキンは手をあげたまま夜が来る

田中明治

明かりの消えた店舗裏に用済みになったマネキンが無造作に積まれているのを見たことがある。店頭で綺麗に着飾っているマネキンは華やかで美しいが、役を終えたマネキンは侘しい。洋服の着脱のためだろうが、手をあげているマネキンは誰かに助けを求めているように見える。しかし、足を止める人はほとんどいない。マネキンは手をあげたままでどこかに連れていかれるのだろうか。夜が来て作者とマネキンの距離は縮まる。

水曜日の川柳

ほんものの息子は電話してこない

真鍋心平太

思わず笑ってしまった。そして、笑ったあとにしんみりとした。これは川柳の要所である。「オレオレ」とにせものの息子は電話してくるご時世なのに、実の息子からはとんと連絡がない。便りのないのは良い便りと思うしかない。「ほんもの」のひらがな表記がいい。やわらかさ、もろさ、つかまえどころのなさなど、すべてを含んでいる。実際に被害に遭っている人がいるのに、詐欺に感心してはいけないが、オレオレ詐欺を最初に考えた人は賢い。人の気持ちを見事に逆手にとっている。

何処でやろうがテレビで見ますオリンピック

斉藤幸男

おばさん同士の会話でよく耳にするのが、「リニアには乗れるかな。名古屋までならなんとかいけそう。まあ、東京オリンピックはだいじょうぶ」。東京オリンピックは2020年、中央新幹線の首都圏から中京圏の開業予定は2027年。元気だからこそ言えることだ。

確かにオリンピックが地球の裏側で開かれようが、日本で開かれようが、ほとんどの人はテレビ観戦である。この句はたとえ日本で開催されようとも、見に行ったりはしないという意志表示であろう。

税務署で冗談をいう出前持ち

高杉鬼遊

『高杉鬼遊川柳句集』

今ではこういう場面に出くわすことはない。ひと昔前の税務署も気安く冗談が言えるところではなかった。税を取られるという印象が強く、堅苦しい雰囲気が漂う。そこに第三者に聞こえるほどの声で冗談を言う出前持ちが登場した。
「税務署」という場も「出前持ち」という人物像もわかりやすい。くっきりと意味が際立つ。ひと昔前は今よりもくっきりと意味の際立つ言葉が多く、川柳にとってはありがたかった。どんな冗談を言ったのだろうとか、なんの出前だっただろうとか、想像してみるのも楽しい。

老人は死んでください国のため

宮内可静

情け容赦ない書き方だが、考えさせられる一句である。発表された当時は賛否両論の嵐で、否のほうが圧倒的に多かった。実は私も、衝撃的な意味内容に感情が反発した。「死んでください」と本当に思っているわけではないが、そう言わせるものが社会にあると告発している。

「その呆け具合といい、突っ込み具合といい、国家と個人の関係が見事に川柳的に描かれている」と、渡辺隆夫はまっさきにこの句を認めた。全体を覆っている大きな突っ込みが見えて、やっとこの句と向き合えるようになった。

おにぎらず安保法案でき上がる

都築裕孝

一時期、フカシギな名前の食べ物が流行っていた。ご飯版サンドイッチのようなものである。にぎらないから「おにぎらず」なのであろうが、はぐらかされているような気がする。かたや「安保法案」、正式には「平和安全法制」。こちらもはぐらかされている気がする。

この句は言葉のいいかげんさと嘘っぽさでふたつをつないだ。安保法案が通ったことにちょっかいを出している。真正面から向かっていくのではなく、また肩肘を張っていくのではないところがいかにも川柳らしい。

べんとうの無い児も君が代を歌ってる

高木夢二郎

戦時中の社会を描いた映画を見るとそんな馬鹿なと思うことが多々あり、不条理のくやしさで怒りが込みあげてくる。食べるものもないのに国歌を大きな声で歌わされ、国への忠誠心を強要される。

作者が社会をいかに捉えているかをはっきりと述べている。そのような理不尽な時代がほんの少し前に実際にあったことを今も忘れてはいけないと思う。

本当に弾むか投げてみる祖国

滋野さち

『オオバコの花』

「祖国」とはなんだろうかとときどき思う。スカスカではなく、中身が詰まっていてほしい。そして、投げたら思い切り弾んでほしい。弾むとは期待に応えてくれることである。それは守ってくれる、信じるに値することと同義である。だが、本当にそうなのかは心もとない。だから、「投げてみる」ことによって祖国の内実を明らかにしようとしている。さて、祖国は期待通りに弾んだのだろうか。それともころころと統治者の都合のいいところに転がっていったか。あるいはなんの反応もなかったか。

きかんこんなんくいきのなかの「ん」

佐藤みさ子

「帰還困難区域」は福島第一原子力発電所事故で放射線量が非常に高く、帰ることができなくなった地域である。とても住めるところではない。しかし原発事故以前、そこで人々はごくふつうの日常生活を送っていた。
「ん」はなにを意味するのだろうか。「ん」はひらがなの最後の文字。行き止まりである。「ん」で、きょとんとさせ、まぜっかえすことで「きかんこんなんくいき」の存在をあらわにしていくことが作者の狙いのように思う。原発事故はなんだったのかという問いかけであり、怒りでもある。

今宵あたり13ベクレルの月夜かな

渡辺隆夫

ベクレル、セシウム、シーベルト、メルトダウンなど聞きなれない言葉を原発事故以来よく目にするようになった。「ベクレル」は放射能の量を表す単位である。これらのカタカナ語に不安と心配で接しているのに、気持ちを逆なでするように「十三夜」とひっかけて、「13ベクレルの月夜」と風雅に詠む。

月夜などはもともと感覚で味わうものだが、多くのことが数値によって判断される味気ない世の中になってきた。そんな現代への皮肉も込められているかもしれない。

四基みな明日を忘れたふりをする

北田惟圭

『残り火』

福島原発事故の復興は進んでいない。事故処理や除染、健康対策が動いているようには思えない。原発事故関係者は忘れたふりを通り越して、すっかり忘れてしまっているかのようである。それは明日を忘れてしまっていることである。しかし、福島原発の「四基」は忘れたふりをしているだけで決して忘れてはいない。忘れられるわけがない。置き去りにされていることへの怒り、責任回避と失敗の積み重ねへの痛烈な批判である。「明日」がふたたび起こる可能性も否定できない。地震は頻繁に起こっている。

怒怒怒怒怒　怒怒怒怒怒怒怒　怒怒
と海

山河舞句

中七の「怒怒怒怒怒怒怒」が上下反対になっていることにまず驚く。それぐらいの怒りなのだ。作者は東日本大震災の衝撃と動揺をこう書きとめた。津波、原発、無策、あらゆる事態を生んだすべてのものに対しての作者のやり場のない強い怒りがみなぎっている。
「怒怒怒怒怒〜〜〜」の視覚効果と、津波の音を思い出させる「どどどどど〜〜〜」が迫ってくる。しかし、どれだけ「怒」を重ねても、「怒」を逆さにしても、どうすることもできないジレンマを感じる。

わたくしがすっぽり入るゴミ袋

新家完司

『平成十年』

近頃のゴミ袋は大きくなった。人間ひとりぐらいはやすやす入りそうである。人間もゴミもたいした違いはないのかもしれない。私も用が済めば、ゴミのようにこの世から消えていく。「すっぽり」という言い方に少し救いとユーモアがあり、その音までが聞こえてきそうである。

川柳は発見と認識の文芸でもある。この句は平易に平明に書かれているが、人の存在そのものを問うているように思う。自分も含めて人の威厳とはなにか考えさせられる。

ご公儀へ一万匹の鱏《えい》連れて

筒井祥文

『セレクション柳人9　筒井祥文集』

なぜ「鱏」なのだろうかとまず思った。どうせ連れて行くなら鮫のほうが迫力がありそうである。しかし先日、須磨水族館で飄々と泳ぐ鱏を見て納得した。けったいな魚である。見学者をからかっているような泳ぎっぷりだ。こんな魚を一万匹も引き連れて来られたら敵わないだろう。

同じ水槽には鮫もいたが鮫のほうがナチュラルだった。鮫ならば来る理由もわかるし、来られる方も対処の仕方がありそうだが、鱏ではどうしようもない。

民意とはインゲン豆の蔓であり

草地豊子

政治家が選挙に勝利したときに必ず「民意を得た」と言う。「民意」はこれだけ支持してもらっているということの証である。
「民意」と言ったって、インゲン豆の蔓みたいに日の当たる方に伸びていく、いいかげんなものである。天気次第で、気分次第で、右へだって左へだって、上にだって下にだって。ひょろひょろと一見弱そうだが、したたかに、どっちにだっていく。政治家が考えているよりも自分勝手で逞しいものである、と「民意」を茶化す。

お金貸してと言う友もいるこの世

弘津秋の子

他の人ならいざ知らず「友」が「お金貸して」と言ってくるなどとは考えもしなかったのだろう。その戸惑い、落胆、心配などのさまざまな作者の思いが、素直に表れている。

あまりのストレートさに最初はあっけにとられたが、その衒いのなさ、演出的でないところがかえって印象に残った。川柳という場では、プライベートな出来事も俯瞰することができる。おもしろく言語化することで、作者もひと息つけたのではないだろうか。

何といふ虫かと仲がなほりかけ

食満南北

気まずい沈黙のなか、ふと虫が鳴き出した。「なんという虫かな」とひとりごとのようにつぶやく。相手はまだ黙ったままだが、そう言われて、先ほどまでの血相の変わった顔が心なしかゆるみかけている。虫の音を聞くうちに、気持ちもほぐれた。仲直りできるのは時間の問題だろう。夫婦の仲ともとれるが、そうではない男と女の仲のような気がする。そう考えると、艶っぽい川柳だ。食満南北は憎めないワルい男だったに違いない。

大抵のことはバナナでケリが着く

丸山進

『アルバトロス』

ケリが着かないことが次から次へ出てくる今の世の中に、なんとノーテンキな句であろうか。が、ノーテンキだなと思わせるところにこの句の仕掛けがある。バナナでケリが着くのなら苦労はしない。しかし、あくせくしてもどうにもならないのなら、バナナを差し出しすしかない。ケリとはそういうものなのかもしれない。〈人参を並べておけば分かるなり　鴇田智哉〉という俳句があるが、それの川柳版かなとも思う。シニカルで飄々とした味わいがある。

院長があかん言うてる独逸語で

須崎豆秋

病院のトップが「あかん」と言うのだから、それはたいへんなことである。カルテにそう書いたのだろうか。患者はわからないと思って使うドイツ語が、この人にはわかってしまったようだ。「あかん」の大阪弁がいい響きをしている。「あかん」は「あかん」に変わりはないのだが、事態の深刻さをゆるめて、ユーモアを引き出している。これが川柳味というものだろう。

先日、久しぶりに病院に行った。今のカルテはパソコン入力で、医者は日本語の変換に手間取っていた。

総領は尺八を吹くツラに出来

可笑

　尺八を吹くにはかなり技術がいりそうである。首を縦に振ったり、顎の角度を変えたりする。息を吹き込む姿は、ときに滑稽に見えてしまうものだが、尺八を吹く人は総じてその変顔が、意外なほどさまになっている。
「総領は尺八を吹くツラ」、なるほど総領なら似合うかもしれない。が、それだけではどうっていうことはない。この句の見事さは「ツラに出来」と言い切った見立てにある。そうか、生まれながらにそういう顔だったのか。幸か不幸か、自分はその顔に生まれてこなかったが。

腰元になって舞台で眠くなり

高橋散二

『花道』

セリフが少なく、見せ場もなく、ただ座っているだけの腰元の役では眠くなるのはしかたがない。が、役者なんだから、眠ってはいけないし、眠ったらたいへんなことになる。人生にも似たようなことが多々ある。

芝居を題材にした川柳を、高橋散二は多く詠んでいる。芝居を原寸大で詠み、余分な感慨を加えない。切り取り方に人間の哀歓があり、思念がある。散二は延原句沙弥と須崎豆秋とともに「ユーモア作家三羽烏」と呼ばれていた。

闇ばかり見て来たじゃがいものかたち

柴崎昭雄

　じゃがいもを掘るといろんなかたちのものが出てくる。へっこんでいたり、でっぱっていたり、同じかたちのものはひとつもない。その凹凸を「闇ばかり見て来た」と捉えた。土の中でいろいろあったのだ。

　結婚して久しぶりに実家に帰ったとき、母に「結婚して性悪になった」と言われた。結婚を闇と一緒にするのはどうかと思うけれど、この句を読んで思い出した。いろんなことに突き当たれば、そりゃ性悪になり、でこぼこもできてしまう。じゃがいもも私も、丸いままではいられない。

クリスマスお寺はとうに寝てしまい

西島〇丸

『川柳全集第三巻　西島〇丸』

クリスマスを楽しみにしている人はたくさんいる。一方、キリスト教の祝祭はお寺とは無縁である。世間の賑わいをよそにしんと静まりかえっている本堂の屋根が思い浮かぶ。対比の立て方がおもしろい。

〇丸は東京の浄土宗西念寺（開基は服部半蔵）の住職であった。実は我が家も寺である。夫によれば、子どもの頃のクリスマスは、普段の日と変わらなかったそうだ。しかし今、我が家も小さいクリスマスツリーを飾る。

大晦日のエスカレータに　乗せられ

堀豊次

大晦日の買い物客でごったがえすデパートのエスカレーターで、なぜ自分がここに立っているのか、どこに連れていかれるのかと、ふと思ったのだろう。「乗せられ」だが、もちろん自分で乗ったはずである。それを途中で放り出したようなとどめ方の「乗せられ」にすることで、途端に日常が変質する。消費するためにデパートに行かされ、エスカレーターに並ばされる。考えてみれば、人生は「させられ」の連続である。一年も一生も、自分の意志とは関係なく、なにものかに乗せられて、運ばれていく。

座ろうか立とうかバスという世間

平井美智子

『窓』

バスに乗るとき、肉体的にも精神的にもいつも同じ状態ではない。元気なとき疲れているとき、嬉しいとき悲しいとき、怒っているときもある。たいていは席が空いていたら座り、疲れていたら空いている席を探すか、詰めてもらってでも座る。バスの席とはそういうものだと思っていた。バス内の空間を「世間」と捉え、座るか立つかを判断するというのは、彼女の生き方そのもののような気がする。状況に応じて行動できる人でなければ、この句は生まれない。

二と二では四だが世間はさうでない

近藤飴ン坊

「へえ〜」とか「うそ〜」と思うことがあっても、「二と二では四」は不変の定理である。それを持ち出して、「世間はさうでない」と否定するのはそうとうな腕力である。確かに、予約の取れないレストランの味がいまいちだったり、ベストセラー本が期待外れだったり、衆議院や参議院の選挙結果がなぜこのようになるのか理解ができなかったり、と「世間はさうでない」を実感することはたびたびある。そのなかでも、そこまで言い切らなくてはならないことがあったのだろう。このいきおいに降参する。

取り替えてやりたいような鼻に会い

紘一郎

『番傘川柳一万句集』

映画『清須会議』を見た。織田家一族は鼻が高かったらしい。織田家の面々に扮した俳優は特殊メイクで鼻を高くしていた。しかし、織田信長の弟役の伊勢谷友介は鼻が高くてりっぱで、そのまんまでよかったらしい。

この川柳の作者は伊勢谷くんのような人に出会ったのだろう。「取り替えてやりたい」は、相手の身になってそうしてあげたいというやさしい心持ちの表れと読むこともできる。が、私は相手の鼻が素敵で、自分の鼻と取り替えてほしいという、うらやんでの「やりたい」だと思った。

すったもんだのあげくに顔を差し上げる

加藤久子

「すったもんだ」は「擦った揉んだ」のことで、広辞苑によると「もつれが起こって争うさま」「ごたごたもめるさま」と書いてある。とんでもない言葉である。

生きていると避けては通れない「すったもんだ」だが、顔を差し上げてしまうのはあんまりではないか。まるでアンパンマンのようである。「すったもんだ」の事態を自分の身体で対処して、自分を守る。翌日からは新たな顔で、なにごともなかったかのように暮らしていくのだろうか。

時々は埋めた男を掘り出して

井出節

『井出節川柳作品集』

「埋めた男」とは殺して埋めた男という、物騒な話なのか。その男をときどき思い出すために掘り出すということなのかもしれないが、私はどうも自分の分身のように思う。自分でも手に負えなくなって分身を葬った。そのおかげで平穏に暮らしていくことはできた。しかし、分身がいないと退屈なのである。おまけに、分身の手を借りなければ片づかないものも抱えている。そのためにときどき彼を掘り出して、息をつく。自分で埋めて、自分で掘り出す身勝手さ。それをまるで他人事のように、飄々と書いている。

半島と湾のあいだで平謝り

いわさき楊子

『らしきものたち』

なぜ平謝りなのかは説明されてない。平謝りは自分の非を全面的に認め、平身低頭して謝ることであり、あまりかっこいいものではない。その平謝りを半島と湾のあいだでするという。なんとスケールが大きいのだろう。しかし、「半島と湾のあいだ」って、一体どこだ？　半島は陸で湾は海。絵に描いてみたが、ない。半島か湾になる。ということは謝るつもりはないのか。それとも、現実には存在しないが、言葉で作った「あいだ」で謝るというのか。ありそうでないところでの平謝り、それもありかと思う。

みずうみに飛び込む前に犬を買う

いなだ豆乃助

ええっ？と思って、二度読みした。飛び込むって、単に飛び込むだけ？　自殺も想像してしまった。

「みずうみに飛び込む」と「犬を買う」のつながりが不思議だ。具体的でよくわかるコトとコトだが、つじつまが合わない。が、そのつじつまの合わなさがこの句の魅力とも言える。実のコトと実のコトが組み合されているのに虚の感覚がある。実と虚の重複、その割れ目に落ちそうになる。自己の存在自体を茶化しているようにも思う。つまり作者は、どうしても犬を買いたいのだ。

犬小屋の中に入ってゆく鎖

徳永政二

『川柳作家ベストコレクション　徳永政二』

俳句の写生についての研究会があった。私の写生観がいかに狭いものであったのかと思った。高野素十の俳句の話を聞いていると、ふと川柳の写生ならこの句かなと思った。

正確には犬が犬小屋に入っていくのである。そこをスルーして「鎖」に目がいくところが川柳的である。確かにジャラジャラと音を立てながら、犬について鎖も犬小屋に入っていく。鎖にもなにがしかの思いがありそうである。たったそれだけのことを言っているのだが、哀愁がある。

しっかりと長さを見せて蛇通る

峯裕見子

　道端などで蛇に出くわすとびっくりする。いつもであれば、「きゃー」と言って、逃げてしまう。ぬるっとしていて、異様な動きをする蛇は嫌われものである。しかし、蛇はそんな対応にメゲることもなく、自分の姿をしっかりと見せて、ゆっくりと進んでいく。作者もあまりの堂々とした様子に感心し、頼もしくなって、怖いのも忘れて見入ってしまったのだろう。「長さを見せて」と言ったところがうまい。

春眠をむさぼるはずのカバだった

広瀬ちえみ

するはずだったことが、自分の都合で、あるいは天候など他の理由でできなくなることは多々ある。一方「春眠をむさぼる」、これほどのしあわせはない。なのに、それができなくなった。

この句は東日本大震災で「死ぬかと思うほど揺れた」と、被災したあとに書かれたものである。「あっけなく日常がひっくり返される非情を思った。あたりまえがあたりまえであった日常に戻れる日が来ることを信じたい」と作者は記している。

タスマニアデビルに着せる作業服

森田律子

「タスマニアデビル」はフクロネコ科の動物だ。夜行性で日中は岩穴などに隠れていて、凶暴であるらしい。それにしても「デビル」という名前をつけるのはどうかと思う。
　街で愛玩犬や猫に衣装を着せている人をたまに見かける。可愛い系のふりふりの服が多い。しかし、ここでは「作業服」。なにか作業をさせるつもりなのか。が、なんのために着せるかは書かれていない。言いっぱなしの、プチンと切れたテレビ画面のようである。しかたなく想像してみたら、思いのほか存在感があった。

蜘蛛の巣をかぶって猫はあらわれた

山田ゆみ葉

軒下からか天井からか、猫が蜘蛛の巣を頭に付けて出てきた。それだけのことなのに、なにやら滑稽な雰囲気が漂う。猫の意志で蜘蛛の巣をかぶって出てきたように、作者には見えたのだろう。「あらわれた」という言い方から、戦隊モノのヒーロー、もしくはその敵であるかのような、堂々とした様子がうかがえる。猫好きからすれば、猫はどんな姿で登場しても愛くるしく、ユーモラスに見える。過不足のない言いまわしが効いている。

寝ころんで猫さし上げて職がなし

敬介

寝ころんで猫を高くさし上げているのはのんびりとしてなんともおだやかな情景である。が、無職なのだ。これはたいへんで、直に生活に支障をきたす。なんとかしなくてはならないと思っているが、なかなかうまくいかない。

猫とじゃれ合っている場合ではないこともわかっている。かといって、無職なのだから他にやることもない。家族やまわりの人は早く職を探せとうるさいが、猫はニャーと鳴くだけで説教なんかしない。さてさてどうしたものかとつぶやきながらまた猫をさし上げる。

フクロウのふところだろか眠くなる

一戸涼子

私はよく寝る。昼寝も夕方寝もご飯後寝もする。ときどき今は朝なのか昼なのか夜なのか、何寝のあとかわからなくなり、目覚めるときに一瞬考える。この句の作者は、眠くなる一歩手前で、一体ここはどこだろうかと思った。

フクロウは賢い鳥であり、守ってくれそうな鋭い眼光をしている。胸のあたりはふわふわとして心地よさそうで、温かく安心できそうである。そんなフクロウのふところにいたらうとうととしてしまうだろう。こう書かれることによって、その感触が共有できる。

夕暮れのキリンの首や象の鼻

松永千秋

人にも動物にもそれぞれ特徴がある。「キリンの首」や「象の鼻」は他の動物と比べて特別で、どうしたって目立つ。それは長所だと私は思っていた。しかしこの句を読んで、それは他の動物と違う部分を持って生きていかなければならない、生き難さなのかもしれないと思った。

もうすぐ日が落ちる。無事に一日が終わる。夕暮れのやさしさが長い首も長い鼻もみんなと同じように公平に、まるごとそのままを抱え込んでくれる。切なくなった。切なさは哀しさややさしさにつながっていく愛である。

河童起ちあがると青い雫する

川上三太郎

『天気晴朗』

ぞくっとする川柳である。「河童」と題された連作の一句で、〈河童群《ら》月に斉唱、だが——だがしづかである〉〈人間に似てくるを哭《な》く老河童〉などがある。どの句も三太郎の言葉で河童は河童らしく書かれている。

生身の三太郎を主人公にすると、どうしても限界がある。だから誰もが知る河童を登場させたのだろう。架空の河童の存在を描写し、河童に語らせる。かぎりなく自在で、詩情が溢れている。

やさしさが犬の姿をして見上げ

浮千草

犬の姿をやさしいと言っているのでも、犬がやさしく見上げていると言っているのでもない。「やさしさ」という漠然としてつかみどころのないもの、それでいて大切なものを「犬の姿」と捉えている。普段見慣れている犬の姿が、「やさしさ」として立ち上がってくる。普段はなにがやさしさで、どうすればやさしくできるのかなどとつい考えてしまうが、この句は「やさしさ」そのものに働きかけている。やさしく世界を見ている作者の目が伝わってくる。

吠えていたドーベルマンは捨てられた

井上一筒

ドーベルマンは「犬のサラブレッド」とも呼ばれ、非常に頭の良い犬である。また、飼い主に対しては非常に従順で、強い忠誠心と忍耐力を持っている。そのドーベルマンが吠えていたのだから、余程のことがあったのだろう。飼い主が危険にさらされていたのかもしれない。しかも、吠えていたのであって嚙みついて怪我をさせたのではない。しかし、捨てられてしまった。吠えなければ捨てられなかったのだろうか。

五十歳でしたつづいて天気予報

杉野草兵

『C』

ラジオかテレビのアナウンサーの言葉を川柳に仕立てた。「五十歳でした」というのだから、訃報だろう。人の死を伝えたそのすぐあとに同じトーンで天気予報が続く。華やかで賑やかなニュースの一方で、悲しくて痛ましい事故や事件が後を絶たない。やりきれない思いを抱いているあいだに、画面はあっという間に次の出来事に切り替わっている。

生も死も隣り合わせのひとコマであり、表裏である。現実の一場面を皮肉っている。

前期高齢スイカの種がよく飛ぶぞ

小野五郎

いつからか「前期高齢者」「後期高齢者」という言葉が使用されるようになった。その区分の枠組みで適切な医療が確保されるらしい。「前期高齢」は65歳から74歳。作者自身なのだろう。スイカをスプーンやフォークでちまちまと食べるのではなく、豪快にがぶっとかぶりついて、種を遠くまで飛ばす。世間では「前期高齢」と区割りされているが、まだまだ元気で、当分は人様の世話にならなくてもだいじょうぶ。「よく飛ぶぞ」と自己確認するところに愛嬌がある。

革命を考えているおばあさん

鈴木節子

『おぼろ夜情話』

若い頃、選挙結果を見て、政治の行く末が明るくないのはお年寄りのせいだと思っていた。しかし今は、若い人たちはちゃんと現実を見ているのかと不安になる。戦争の怖さを知っている人ほど今を憂慮している。
「おばあさん」は余生を穏やかに過ごしたい。今の世の中をひっくり返すような大それた「革命」とは縁遠く、かけ離れたところにいたはずである。しかし、そのおばあさんがいても立ってもいられない。度し難く、憂慮ぐらいではすまないから、「おばあさん」は「革命」を考える。

狐とも蛇とも別れ老いゆくよ

早良葉

『早良葉川柳集』

「狐」や「蛇」は、若かりし日はどうしても気になり、持て余していたものの総称だろう。それらを卒業できるのは「老い」のおかげであり、反対に今まで見えなかった世界が見えてきたりもする。
「老いゆく」のは不安で寂しいもので、ついマイナス面ばかりに目がいってしまうけれども、そればかりではない。この句は「狐」や「蛇」を登場させているが、重苦しさはなく、からりとしている。諧謔味があると同時に作者の生真面目さも見える。

花を摘む少女いつから白い髪

坂東乃理子

『おもちゃ箱』

花を摘んでいたはずの少女がいつからか白い髪になっていた。少女が別の世界に連れて行かれてしまったような、世にも不思議な物語、ちょっと怖いファンタジーの世界である。もしかすると、自分では少女だと思い込んでメルヘンにひたっているあいだに、おばあさんになってしまったのかもしれない。

この少女は作者自身のことだろうか。喜怒哀楽の感情では括りきれないなにかしらの変化を、身体を通して表現している。

花の名を忘れ薬の名を覚え

松岡雅子

桜や菊やチューリップなどは誰でもわかるが、花は多種多様で、意外と名前を知らないものが多い。しかし、たぶん作者は、ちょっと前まではわりと知っていたのだ。よく知っているねと言われていたのだろう。それが今ではすっかり忘れてしまって、代わりに薬の名を覚えるようになった。薬は間違えて飲んだら一大事だから、どうしても覚えておかなければならない。当然、優先順位はトップになる。「花の名」と「薬の名」を同じ線上に同じトーンで置いたところが手柄である。

ご先祖のどなたの歳も越えました

苅谷たかし

『ちびた鉛筆』

私は祖父の歳は越えたが、まだ親の亡くなった歳は越えてない。もっと前のご先祖は不明だが、たぶん越えているだろう。いずれどなたの歳も越えてしまいそうな気もするが、いつかは死んでしまう。

ひと昔前は考えられなかった高齢化社会ではあるが、作者もよもやどなたの歳も越えるとは思っていなかった。この年齢まで生きられたことへの感謝と、へらへら生きて歳だけはとってしまった悔恨。しかし、この先もへらへらと暮らすのもよいかなと、のんきに考えてもいそうである。

男か女くらいは分かる九十八歳

柴田午朗

老人に対して「わかる？」「できる？」などと、わからない、できないことを前提として尋ねてしまうことがある。98歳はどうなのか。「男か女くらいは分かる」。簡潔な回答のような川柳である。この人にとってもこの歳は初めてで、発見もあり戸惑いもある。わからないことも徐々に増えてきているだろう。しかし、みんなのご期待に添えるほどの年寄りではないのだ。

豊かなユーモアと皮肉を含ませて、今ここに存在し、この世を見ている「九十八歳」を描き出している。

生きられて百になったら何しよう

野村圭佑

100歳以上の人は年々増えており、2019年には7万人を超えた。この句は、100歳まで生きる人がそれほどいなかったときに作られたが、それにしてもおおらかである。自分自身も社会も信用している、こういう川柳もいいなあと思う。「朝、店を掃除しているときフッと浮かんだ句です。『何しよう』といいながら自分で答を出してはおかしいんですが、百歳になっても川柳をつくりつづけていられたらこんな幸せなことはないでしょうね」と本人が語っている。残念ながら、作者は100歳までは生きられなかった。

レンコンの穴から極楽を覗く

佐々木ええ一

極楽とは、阿弥陀仏の居所である浄土で、苦患のない安楽なところ、この地球上にはない死後の世界だ。それを、「レンコンの穴から」覗く。レンコンはハスの地下茎であり、仏教とのかかわりが深い。また、お節料理に欠かせない縁起物でもある。

きれいな万華鏡より、泥にいっぱい潜った、滋養強壮効果のあるレンコンのほうが、極楽が見えそうだ。レンコンの穴を覗いている姿は滑稽である。そうまでしてでも極楽を覗いてみたいというのも、人の性だろう。

少しなら飲んでもという医者に替え

早川清生

突発性難聴になったとき、さてお酒は飲んでもいいのかと悩んだ。注意書きにお酒の項目はなかったので、飲んでもOKなのだと解釈したいのだが、やはり不安である。飲んだらだめに決まっているから書いていないのであって、考えることすら理解できないと下戸の友人にあきれられた。しかたないのでおそるおそる担当医に尋ねた。勧めませんが、それでストレスがたまるようなら適量はいいです、と言われた。そのとき「適量」と言う、この医者でよかったと心底思った。

フンフンとお好み焼を裏返す

寺西文子

関西人は粉もん好きである。お好み焼屋の多さに他県の人は驚く。「フンフン」とは相槌である。お好み焼を焼きながら、友だちの悩みを聞いている。話はまだ終わりそうにないが、お好み焼の下半面はおいしそうに焼けた。「それで、どうしたん？」と受け答えしながら、コテで裏返して、もう半面を焼く。焼き上がり、お好み焼をほおばっているうちに友だちの気持ちも温まってくる。「考えてもしゃあないわ」「ほんまほんま」「おいしいね」「また来よな」といつものパターンに落ち着く。

佃煮の何十匹をすぐに食べ

相元紋太

『川柳全集第八巻　相元紋太』

なにも考えずに食べている佃煮から、自分は命をいただいている、それも数多の。ふと気づいて、あっと思った。川柳の平面のよさがよく表れている。奥行きがあるとか、フクザツとか、パースペクティブとか、ややこしいものはなにもない。書かれている内容がシンプルで具体的で誰にでもわかる。簡潔に言い切っていて、すぐに忘れてしまう程度のことであり、教訓めいたものではなく、考え込んでしまうものでもない。が、心にこつんとあたって、音がする。川柳の妙味である。

回転鮨はこの世の果ての如くあり

海地大破

『現代川柳の精鋭たち』

今でこそ回転鮨は見慣れたものだが、登場したときは驚いた。こんな利便性の高い、合理的なものができるとは思いもしなかった。作者も鮨がこのようなかたちで回ってくるなど考えもしなかったのだ。色とりどりの鮨が次々とベルトコンベアに乗って運ばれてくる光景は、もうこの先はなにも起こらない、終わってしまった、この世の果てに見えたのだろう。次食べるネタを考えているだけでは思いつかない川柳である。

酔っぱらう全人類を代表し

浮千草

『夢をみるところ』

今日は〇〇記念日だから、酒の肴にいいのがあったから、誰かが来たから、と酒好きの人はなにかと理由をつけて酒を飲みたがる。飲みながらもなんやかやとまた理屈をつけて杯を重ねる。それにしても「全人類を代表し」とはよく言ったものである。お酒を飲むと気が大きくなり、偉くなったような気になる。飲めば飲むほど気分もよくなり、なんでもこいと思ってしまう。私がみんなを代表して杯をうけ、みんなの代わりに飲んでいる。この誇張の仕方、ユーモア、おおげさな言いまわしはまさしく川柳である。

蛸踊り顔から先にくたびれる

田中空壺

　そうか、顔から先にくたびれるのか。てっきり手足のほうだと思っていた。口を蛸のようにするから顔がくたびれるのだ。経験してわかることなのか、踊る人の顔を見てそう思ったのか。川柳の“見つけ”である。蛸踊りそのものを的確に捉えている。そして、なにより「くたびれる」に愛嬌があり、愛情がある。
　この句を読んで、蛸踊りが妙に懐かしくなった。実際に見たのはほんの数回、職場の宴会芸や祝いごとの席でのこと。みんなお腹を抱えて笑い、ほのぼのとした場になった。

上燗屋へィくくとさからはず

西田當百

『川柳当百集』

「上燗屋」とは上々に燗をした酒を飲ませるところ、一杯飲み屋である。そこにはいろいろな客が集まる。愚痴を言う人、自慢する人、政治を批判する人。それらの客に対して、決して「さからはず」、なにを言われても顔色を変えず、もちろん自分の意見などは言わず、「へィへィへィ」と相槌を打つ。「へィへィへィ」ですべて通じる。気分よく酔ってもらうのがプロの仕事。物知りで不自由な店の主人を「へィへィへィ」で描き出している。

わが家の前で見なおすいい月夜

三次

『番傘川柳一万句集』

都会から帰って、やっと田舎のわが家に辿り着き、あらためて夜空を見上げると、まるで出迎えてくれているかのように月が煌々と光っている。都会でも月の明らかな夜で、ちらっとは見たような気がするけれど、わが家の前で見る月は格別だ。月をさえぎる高い建物もネオンもなく、月を愛でるのに恵まれている。

無事に一日が終わった。「今日はお疲れさま」と言ってくれているようで、帰り着いた安堵感で肩の力が抜けていく。「見なおす」に川柳の味わいがある。

刺身なら今夜は自首をやめておく

菊地良雄

　夕餉の食卓に刺身が出されている。話さなければならないことがある。あまりよい話ではない。しかし、刺身である。せっかくのご馳走だから、今夜はおいしくいただいて、明日話すことにしよう。
　ふと、亡父を思った。仕事から帰って晩酌するのが楽しみで、そのために働き、生きているように見えた。夜にお酒をおいしく飲むために言っておかなければならないことも言わずに先送りし、とうとう生涯自首しないままに、68歳であっけなく逝ってしまった。

飲んでほし　やめても欲しい酒をつぎ

麻生葭乃

『福壽草』

夫が機嫌よくお酒を飲んでいる。しあわせそうな顔をしている。このままずっとその気分のままで飲ませてあげたい。しかし、深酒は身体によくない。明日にも差し障る。あと一杯だけと思いながら、つい注いでしまう。

葭乃自身もお酒を嗜んだらしい。だから、酒のうまさも怖さもわかっていたのだろう。私もお酒のおいしい秋の夜長などはついつい飲みすぎてしまう。

マルクスは私か妻か金がたまらぬ

寺尾俊平

カール・マルクス（1818～1883）はドイツ出身の思想家、経済学者で、世界の社会主義運動に多大な影響を与えた。この句が発表された当時「マルクス」は流行りの人であった。それをいちはやく取り入れている。マルクスは私有財産を否定していた。だからそれを俗っぽくひっかけて、ふたりの共有財産が貯まらないことを詠んでいる。威勢のいい言い切り方、なおかつ知的なふりをしての言い訳である。

母さんの年金で飲む養命酒

田久保亜蘭

「母さんの年金で飲む大吟醸」とか「母さんの年金で飲む月桂冠」なら思いつきそうで、そんな親不孝者はあちこちにいそうである。しかし、ここでは酒は酒でも「養命酒」。健康に気をつけているのだ。アイロニーがある。

川柳は下五で決まると言われてきた。予想しないモノ、意外なモノを持ってきて、下五でストンと落とす。この句もなんだ「養命酒」かと肩透かしして、にやりとする。もちろんそれが作者の狙いで、それだからこそ川柳に仕上がる。養命酒は母さんと一緒に飲んでいるのだろう。

木曜日の川柳

こうすれば銀の楽器になる蛇口

八上桐子

『hibi』

蛇口は蛇口として使用するものであり、他のものになるなどとは考えもしなかった。蛇口は銀色だから、間違いなく「銀」で、蛇口を叩くとか蛇口を吹くとか、音を出せば「楽器」になる。他にもなにかできそうで、想像すると楽しくなる。「こうすれば」に作者の意志が感じられ、夢がある。ぎくしゃくしている私だって、工夫をすれば、銀のようにきらきらと、楽器のようにりんりんと、生きられるかもしれない。希望を与えられ、視界はひらける。

三日月はガーゼを掛けてから握る

本多洋子

握るというといろんなものが思い浮かぶ。しかし、三日月を握るというのにはびっくりした。それもガーゼを掛けてからなんて。鋭利なものや熱いもの、冷たいものを握るときに布を添えて握る。三日月の鋭利さを思ってのことだろう。この細工で超現実が日常に引き戻された。熱かったのか、それともヒヤッとした感触だったのだろうか。天体を握るという大胆さと、ガーゼを掛けてからという繊細さの組み合わせに驚かされる。

眼のない魚となり海の底へとも思ふ

中島紫痴郎

なにがあったのだろう。人として、陸（この世）で生きていくのがしんどくなったのだろうか。「魚」ではなく「眼のない魚」になって「海」ではなく「海の底」へ潜って生きるのか。ここまで思い詰めるのはかなり重症のはずである。しかし、「とも思ふ」である。そういうことも思ってみたりするということなのか。若山牧水の短歌に〈海底に眼のなき魚の棲むといふ眼の無き魚の恋しかりけり〉があるが、この歌をふまえているのか。

垂直に沈む艦《ふね》までとどかぬ　手

宮田あきら

「艦」だから、戦いに用いる船であろう。やぐらかどこかの上から見おろす大きな軍艦。その軍艦が沈む。戦争映画などで船首を垂直にたてて、沈む軍艦がある。すぐにぐんぐんと沈没する。

一字空けのあとの「手」が意味するものはなにか。人間の手でも、神の手でも、なにかが沈みはじめると、それはもうどうすることもできない。そんな「手」を示唆している。始まってしまったら、誰にもどうすることもできない。

ポケットの　底から　雨が降っている

山本卓三太

『川柳新書第二一集　山本卓三太集』

ポケットの外、外界は快晴なのだ。しかし、自分のポケットの中では雨が降っている。それも「底から」。底から冷たさはじわじわと身体中に広がっていく。私のポケットだけに、誰にも気づかれずに雨が降っている。

実際にはポケットに雨は存在しない。心象だろう。精神的なものが肉体に迫ってくる感覚を言葉にしている。一字空けが効果的で、たんたんとリズムを刻み、抒情性をかもし出した。ポケットの中は不可侵の領域になり、手も入れられない。

ふたしかな記憶で描いた王の鼻

月波与生

　なんのために「王の鼻」を描いたのだろうか。「王の顔」ならまだわかるような気もするが、「鼻」である。なぜ鼻を描く必要があったのか。鼻なんて、そんなに大差ないから、思い出しながら、ちょちょっと描きあげればいいようなものだが、今回は「王の鼻」である。いい加減に手抜きして描くわけにはいかない。
　誰に頼まれたのか。どういうわけで、そんな状況に追い込まれてしまったのか。人生はいろんな出来事に遭遇し、よくわからないことをしなければならないときもある。

リア王もオセロもマクベスも　馬鹿だ

高瀬霜石

『川柳作家全集　高瀬霜石』

『リア王』も『オセロ』も『マクベス』もシェークスピアの悲劇で、悲惨な結末を迎える。その前になんとかすればよかったのにと思うが、「馬鹿だ」とは、身も蓋もない。「馬鹿」という言葉には、ありとあらゆる感情が入り混じっている。「馬鹿だ」とあらためて言うことに意味があり、それによって全体を照射する。愛情表現でもある。

五四五三、計17音で、川柳であるとかろうじて保証している。強引な句またがりにも独自の捻れがあり、それによってアイロニーとペーソスを生み出している。

銅像になっても笛を吹いている

久保田紺

『大阪のかたち』

笛を吹いている銅像がある。他にも正座したもの、ステッキを持ったもの、犬を連れたもの、二宮金次郎なんかずっと薪を背負ったままである。「なっても」が切ない。銅像になってしまっても、それを義務づけられている。作者の銅像に向ける眼差しは鋭く、それでいてやさしい。銅像とはなんやろと、彼女の投げる川柳はふんわりと飛んできて、すぽんと音を立てて入る。過度に物語化せずに、素直で衒いのない表現の感触はいつまでも心に残る。やさしさと哀しさが人一倍わかっている。

なのはなのなのはなのなかのはつねつ

佐々木久枝

表記がすべてひらがなである。〈NANOHANANONANOHANANONAKANOHATSUNETSU〉、前半の母音はA音とO音だけ、あとにU音とE音が加わる。ぼおっとした景が一気に引き締まったような気がした。

一面に菜の花が咲いている。その痛いような黄色に自分と同じ発熱を感じたのだろう。漢字にすると〈菜の花の菜の花の中の発熱〉。漢字のほうが句の意味はわかりやすい。しかし、句の内容は取り立てて言うほどのことではない。作者の遊び心により、不思議な存在感をかもし出している。

たんぽぽを木より大きく描いて寝る

山田純

たんぽぽの黄色の頭状の花は可憐で、いくら見ても飽きない。冠毛は白色で風に舞い、全世界に分布している。たんぽぽは木より小さいのは自明のことである。しかし、ここで描かれた絵と現実の風景とは明らかに異なる。子どもの描いた絵のようだ。そして、あえて「大きく描いて寝る」と書く。自分の思いを大切にし、かつ守ろうとしているみたいだ。たんぽぽに憧れや敬虔な気持ちを持っているのか。作者の世界観の一端が垣間見えるような気がする。

くるぶしにタバスコを振る夏だった

中川東子

どんな夏だった？と聞かれて、こう答えたら、えっ？と驚かれるだろうが、かっこいい。でも、内実は相当変わっている。いろんな夏があるが、こんな夏はまずない。

心象風景としても読めるが実際に振ったのだろう。くるぶしの不安な白と、タバスコの刺激的な赤の対比。タバスコは辛味の強いソース、そのタバスコを振る、そうするしかなかった夏。それでもきりりとしない、引き締まらない、食えない私なのだ。身体性の川柳とも言える。

満ちてきて豆腐のようなものになる

妹尾凛

「満ちてきて」も「豆腐のようなもの」も具体的になにかはつかめない。作者の裡にある空間にじわっと甦ってくるような、あるいはやわらかく埋めていくようななにかではないか。はっきりと意識していなかったこと、あるいは言葉にできなかった感覚を「豆腐のようなもの」と言葉にすることで、輪郭をつかまえる。「豆腐のようなもの」になれるのは、作者にとって至福の感覚に違いない。

桃色になったかしらと蓋をとる

広瀬ちえみ

煮物の煮え具合を確かめようと蓋を取ることがあるが、これを単なる煮物と読んでしまってはもったいない。自分の内側も、時間が経てば煮豚のように色もかたちも変わり、くすんでいたものもほんのりとピンク色に回復して、良い具合に仕上がってくるのではないか。そこで、まるで他人事のように、自分の心の蓋をとるのである。やわらかな、ほんわかする「桃色」になっていてほしいと願う。「なったかしら」の言いまわしに恥じらいがあり、重いものを重く見せない、決して深刻に詠まないよさがある。

横顔が植物園になっている

吉田健治

『青い旗』

自分の横顔が植物園になっているのを感じたのだろうか。それとも身近な人の横顔が植物園になっていることに気づいたのだろうか。「植物園のように」ではなく、「植物園に」である。横顔とはそういうものだと、語調を落として言っている。
「植物園」は日の当たり具合や場所でさまざまな様相になり、華やかでもあるが、種々の寂しさもある。作者が「植物園」をどう捉えたか、わからないようでわかる気がする。「横顔」や「植物園」の存在感が伝わってくる。

だらしなく川を流れる唐辛子

芝本勝美

川の上流から赤いものが流れてくる。なんだ、唐辛子か。それなりにピリリとしてその存在を誇示してきたはずなのに、流されるときはなんとだらしない恰好だろう。

高浜虚子の〈流れ行く大根の葉の早さかな〉という俳句と比べると、「だらしなく」の姿態と「唐辛子」の赤の色彩は感情移入しすぎだ。「それを言っちゃおしまいよ」とは、川柳に対してよく言われるセリフであるが、まさしくこの句は言い過ぎの恩恵を受けている。唐辛子と自分が重なって見えたのか。自分の裡にも唐辛子は流れている。

ちちははの姿勢で渡る丸木橋

酒井麗水

「ちちははの姿勢」とはしゃきっと背筋を伸ばした姿勢だろうか、それとも背を丸めた穏やかな姿勢だろうか。たぶん、前者であろう。丸木橋は1本の丸木を渡しただけの橋、安定性はない。心して渡らなければ川に落ちてしまう。丸木橋を渡るのは人生を過ごすのと同義であろう。そのように意識して生きてきたのだ。
「ちちはは」「丸木橋」と舞台設定はオーソドックスで、今の感覚からすると多少古めいているが安心して読むことができる。「橋」とは不思議なものだとあらためて思う。

何だ何だと大きな月が昇りくる

時実新子

『月の子』

「何だ何だ」の話し言葉にまず惹きつけられる。しかもそうやって出てきたのは「月」。世事に興味を持って、どんな顔で月が出てきたのかと想像するだけでも楽しくなる。おおらかでスケールが大きく、リズム感もある。

新子の「月」は多くの人が思っている「月」とはかなり違う。文芸の世界で月は厳かで幽玄な存在。こんなふうにぐっとユーモラスにとらえた句はなかった。優美とはほど遠く、好奇心旺盛、月のくせに人間味があり、なにやら可笑しい。ここに川柳の持っている自由さがある。

おぼろ月人に隠れて跳ねてみる

小野多加延

『とうがらし』

空を見上げたらおぼろ月が出ていた。ふと、うさぎのように跳ねてみたくなった。そういえばとび跳ねるほどのことでもないが、ちょっとだけ嬉しいこともあった。まわりを見渡したら誰もいない。小さく跳ねてみる。

こういうのってなんとなくわかる。意味もなくにこっと笑ってみたいときとか、ちょこっとだけなにかしたいときがある。しかし、人前で急にそんなことをしたら驚かれる。びっくりされるだけならまだいいが、変人扱いされかねない。作者はチャーミングな人だったのだろう。

まだ言えないが蛍の宿はつきとめた

八木千代

『椿守』

　生活していくなかで、まだ言えないことや今は言えないことはわりとある。「つきとめた」のだから、やっとわかった。しかし、「まだ言えない」。それも「蛍の宿」であるから、かなり意味深である。感情に流されるのではなく、理知的に判断しようと決めたのだろう。どういういきさつがあったのか。つきとめようと思ったときから、言わないでおこうと決めたときまでの経緯や心の変遷が、「言えない」「つきとめた」の動詞であらかた理解できる。言える日は来るのだろうか。

ぎゅうっと空をひっぱっている蛹

加藤久子

ふと目にした蛹《さなぎ》の糸を張る姿が、空とつながっているようだった。あんなに小さな蛹があんなに大きな空を支えにして生きていこうとしている。それも能動的に引っ張っていこうとしている。蛹に希望をもらった。閉じ込めていたものから解き放たれつつあるから「ぎゅうっと」と把握し、書きとめることができたのだろう。

作者は東日本大震災で被災した。「なにか書こうとすると、まだあの日から離れられない」と書いているが、そんなときに目にした光景だろう。

なにもなき街　なにもなく風通る

梅村暦郎

この風は心地よいものではなく、虚しく、冷たい風だろう。街にはいろいろなものが溢れていて、なにもないことはない。ただ、作者が必要とするものはなにもない。しかも、街も作者を必要としていない。存在し、生きている意味を問うているように思う。

風はそのときどきで、それぞれの位置で、表情を変えて、別物になる。そんなことを考えていると風がひんやりと通り抜けていった。

午後三時永田町から花が降り

阪井久良岐

現在「永田町」といえば政界を思うが、ここでは、当時永田町にあった華族女学校をさしている。午後3時に華族の令嬢たちがお迎えの車に乗って、華やかに下校するありさまを「花が降り」と詠んだ。「花といえば美人という聯想がうかんでくるのは申すまでもない」と自解している。

阪井久良岐は井上剣花坊と共に川柳中興の祖と言われている。狂句の全盛時代に江戸の風俗詩としての古川柳にかえれと提唱し、狂句を脱した新川柳を東京の風俗詩として、その礎を築いた。

花びらは馬のかたちで着地する

月波与生

いろいろな花びらのかたちを聞いたことがあるが、「馬のかたち」は初耳である。着地した途端に颯爽と駆け出していきそうである。

花びらは桜本体から離れるときにやっと自己主張して、自らの意志で馬のかたちを選択した。咲いているときは毎日が平穏で退屈だったから、自由に颯爽と駆け抜ける馬に憧れていたのだ。だから、馬のかたちになった。花びらは着地して、ここではないどこかへ走り出す。新たな旅立ちである。

転がったところに住みつく石一つ

大石鶴子

石は自分で自分の居場所を決められない。自ら動いたり、選んだりすることもできない。なにかの作用で転がったところにいるしかない。一方、人は自分の意志で行動し、選択することができるが、本当にそうだろうか。どこに生まれ落ちるのか、身体や精神がどのような状態であるのか、自分で決めたわけではない。人も自由に生きているようで、生まれ出たところで、つまりは転がったところで、石のように自然に生きていくしかないのではないか。理屈っぽいが「石一つ」に共感する。

阿と吽の間が離れすぎている

猫田千恵子

『川柳作家ベストコレクション　猫田千恵子』

　寺院山門の仁王や狛犬など一対で存在する阿吽がある。阿吽の呼吸、阿吽の仲などと言われている。単にお寺の門が広すぎるだけかもしれないが、「離れすぎている」と捉えることで、人生の実感につないでいる。
「離れすぎている」というのは作者の意見だが、川柳的な視点と言える。他の人があまり気にとめないで見過ごしてしまうことを、わざわざ「離れすぎている」と書きとめることによって、共感を獲得している。

富士山が見える向かいの火事のあと

菊地良雄

実際の話かどうかはかなり疑わしいが、どきっとする川柳である。向かいの家が火事で焼失し、前がすっぽり空いて、今まで見えなかった富士山が見えるようになった。他人の不幸のおかげで幸せをもらうみたいだ。なんと不謹慎な川柳なのだろうと思う。

けれども、「富士山」の一語に分別を軽々と踏み越えていく力を感じた。均一化されている思考パターンとはあきらかに違う方向へ「富士山」が誘う。善悪や分別だけでケリをつけられないものがこの世にはたくさんある。

横綱のくしゃみが聞ける夏祭り

森茂俊

夏でも朝晩はひやっとすることがある。裸の横綱もときにはくしゃみをする。夏祭りに来ていた人がたまたま横綱のくしゃみを聞いたのだろう。そんじょそこらの力士とは音も大きさも全然違うと尾鰭がついて、たちまち噂が広まった。別にくしゃみはくしゃみで、特に聞くほどのものではない。しかし、そう言われると一度ぐらい聞いてみたくなるのも人情。「くしゃみ」に引っ張られるくだらなさをうまく演出している。そんな夏祭りが、きっとどこかにあるに違いない。

道歩いとっても桂春団治

堀口塊人

偶然に桂春団治と会ったのだろうか。歩く姿を見ただけで、すれ違っただけで春団治だとわかった。「さすが」だと思った。秀でている人は道を歩いていても、ご飯を食べていても、独特の雰囲気が満載である。作者はその姿に惚れ惚れした。至福のように語っている。
「道歩いとっても」のさりげない大阪弁が、関西の落語家を描くことのおもしろさを倍増させた。二代目の豪快さならぴったりだし、三代目の飄々とした雰囲気でも充分に納得できる。人のオーラの凄さを爽快に書きとめている。

これから躑躅やんかというときに

瀧村小奈生

これから躑躅《つつじ》が咲く、というときに、なにがあったのか。季節は4月頃のことだろうか。そんなことより、「なんやねん」とつい突っ込みを入れたくなる。「躑躅」の漢字の難しさだけを際立たせて、これから起こるであろう事象を暗示させる。躑躅ももちろん楽しみにしているが、それよりは事象のほうがもっと悩ましく気になる。比重はだんだんそちらのほうへ傾いていく。書いてある以上のことを想像させ、くるくると交互に回転させながら、眼前に咲く躑躅とは違う、別の躑躅の世界を作り上げている。

永遠に母と並んでジャムを煮る

樋口由紀子

『容顔』

ジャムはすぐ焦げるので鍋から目が離せない。母とふたりで鍋をながめていると、そんなときが永遠に続くのではないかと思った。出来上がったジャムは嘘みたいに甘かった。

2012年の年末に母が死んだ。もう母とジャムを煮ることはない。私は母にとってよい娘ではなかった。短時間でさえ、母とひとつのことをするのは息がつまった。同じことをしていても、感じ方や見方が全然違う。母もそれに気づいていた。けれども、ふたりともどうすることもできなかった。

父の部屋に父の平均台がある

海地大破

一般家庭に平均台はない。まして、父専用の平均台が部屋に置いてあることはまずない。しかし、父が自分の部屋で黙々と平均台を歩いている姿をなぜか想像できた。

他人には決して見せない父の姿が平均台の上にある。バランスを取りながら、無心に平均台をゆく。落ちてもふたたび上がり、そろりそろりと歩みを進め、また落ちる。可笑しくもあるが、切なく、哀しい。父という存在を象徴している。作者自身がそのような父であったのだと思う。

開脚の踵にあたるお母さま

なかはられいこ

『脱衣場のアリス』

開いた脚の踵が偶然母親と接触することは、生活をしているなかで起こりえる。しかし、ここでは書かれたことをそのまま読むわけにはいかない。なぜならば、「お母さま」だからである。「お母さま」の嘘っぽくて、取り澄ました言いまわしは、一句に痛烈な落差を生む。一見どうってことない動作が（いや、開脚は悩ましいが）なにやら怪しくなる。母親との関係、あるいは母親に対する心情を、情に流されず描いた。結果として情以上の重たいものが含まれている。

かあさんを指で潰してしまったわ

榊陽子

親に向かってなんてことを言う娘であろうか。まるで小さな虫を潰すように「潰してしまったわ」と。潰してしまったけれど、しかたがないと納得しているような、「わ」が効いている。

私は母親に対して、そんなふうに考えてはいけないし、まして、言ってはいけないと自分に言い聞かせてきた。だから、この句のさりげなさに度肝を抜かれた。さりげなさこそが重たい。近寄って来なかったら潰すこともなかったのに、とでも言いたそうである。

ハハシスという電報はきっとくる

天根夢草

『天根夢草川柳集1』

「電報です、電報です」とトントンと戸を叩く音を、おぼろげながら覚えている。結婚式や葬儀で読まれる電報ではない。ひと昔前は緊急のときの連絡は電報しか手段がなく、そのほとんどは良い知らせではなかった。

私の場合、母が亡くなったという知らせは携帯電話だった。現在はそれが一般的だろう。便利すぎるせいでもないが、この句を携帯電話に置き換えたら、電報ほどの重みが出ない。かっての「電報」の通念を拝借している。「ハハシス」という音もはかない。

ひと箱の桃を夫婦で腐らせる

谷智子

　桃ひと箱はお盆のお供えに誰かが持ってきてくれたもので、仏壇の前にずっと置かれていることは夫婦のどちらも気づいていた。けれどもなんとなく億劫で、そのままにしていた。お互いに、相手が気づいて冷蔵庫にでも入れて食べてくれるだろうと思っていたが、どちらもそうはせずに、とうとう桃を腐らせてしまった。
　徐々に腐っていくものはたくさんある。わかっているのに気づかないふりをしたり、あやふやなままにするのは、生きていく上の知恵でもある。まだ桃でよかった。

妹は酢のようラベンダーは霧のよう

桑野晶子

十年ほど前に見た富良野のラベンダーは、美しくて声も出なかった。しかし私は、一面のラベンダーを霧のようとは思わなかった。自己主張の方向が少し違う気がする。たぶん作者独自の見方だろう。

「妹は酢のよう」はなんとなくわかる。あの酸っぱさは確かに似ている。子どもの頃は泣いてばかりで、いつも姉のあとをついてきた妹が、成人するといつの間にか姉よりしっかりしてくる。時には説教もする。確かに酸っぱい。

祝歌を水児がのぞく母は新嫁

福島真澄

『福島真澄集』

花嫁はかつて子どもを流産、あるいは堕胎している。そのとき亡くなった子どもが、母である新婦の、お祝いの歌が歌われている祝宴を、どこからか覗いているというのである。

新婦は幸福の絶頂にいながら、罪悪感を感じ、「祝歌」を複雑な思いで聞いているのかもしれない。「祝歌」「水児」「新嫁」の言葉の展開は妖しい雰囲気を漂わせ、ひとつの物語を紡ぐ。不思議な格調のある一句に仕上がっている。

ああ父のタオル掛けにはタオルがない

楢崎進弘

この句の「父」は作者自身だろう。手や顔を洗って、タオルで拭こうとするときにタオルが見あたらない。妻や娘のタオルはタオル掛けにちゃんとあって、自分のだけがない。濡れた手や顔のまま、滴をぽとぽとと落としながら、タオルを取りに行かなければならないのは悲惨である。確かに「ああ」と言いたくなる。

上五の「ああ父の」がうまく演技していて、タオルがない一瞬を鮮やかに拾い上げ、ライブ感を引き出している。自己戯画化し、事実と感情を上手に残した。

ふざけてるんぢやないかしら子ら喰べすぎる

西来みわ

食欲旺盛な孫たちを見ていると思い出す川柳。「まだ食べるの？」と思わず言ってしまう。本当にふざけているのかと思うほどよく食べる。なのに太らない。子どもの動作はもうそれだけで微笑ましく、滑稽である。その行為を捉えるだけでも絵になるが、食べている姿はその極め付けともいえる。

一見、定型にとらわれていないようだが、リズムは整っていて、心地よい。ラ行音が効いている。話し言葉の底なしの自由さがあり、舌足らずに見える口ぶりに生気が通う。

臍出して踊っているとは妻知らず

延原句沙弥

いくら酒の席とはいえ、まさか自分の夫が臍を出して踊っているとは、妻のほとんどは想像すらしないだろう。そういう芸があることはうすうす知っているのに、自分の夫はそんなことはしないと、なぜか確信している。

私の叔父が亡くなったときも、彼が宴席で踊っていたことを弔問に来た人たちに聞いて、叔母が仰天した。堅物で冗談ひとつ言わない叔父にもうひとつの顔があったのだ。妻だけが知らない夫のこと、夫だけが知らない妻のことは、世の中にたくさんある。

母さんが信仰しているママレモン

濱山哲也

なつかしい。「ママレモン～♪」というCMがよく流れていた。今はあまり名前を聞かなくなったが、五十年ぐらい前は食器用洗剤の代名詞だった。それ以前の洗剤よりも油汚れを落とし、レモンの香りがして、おしゃれで新しい時代の息吹を感じさせた。進化した新製品が売り出されているのに母さんはママレモン一筋、それは信仰以外のなにものでもない。そんな信仰を持てる母さんは貴重な人で、作者は母さんが大好きなのだ。「ママレモン」とその時代を、軽やかなユーモアと共に浮かび上がらせた。

平凡な孫の名前にホッとする

山本宏

我が家の孫娘たちの名前は、〇〇子のような昔よくあった名前の類ではない。一応、生まれる前にどんな名前がいいかと意見を聞かれたが、ことごとく却下された。結果は現代風な、ハイカラな名前で、漢字もややこしく、すんなりと読めない。平凡な名前のほうが平凡にしあわせに過ごせるとなんの根拠もなく思っていたので、ホッとしたほうではない。しかし、最初はとまどったが、それはそれで慣れるもの。今では可愛さと名前がぴったりと合っていると思うのだから、いいかげんなものである。

孫の写真に俺の顔が半分

福永清造

孫の写真を見ていたら、端っこのほうに自分の顔も半分だけ写っていた。思いがけないものを見つけて恥ずかしくなった。自分の顔が半分しか写っていないのが不満というのではない。半分でも自分の顔が孫と一緒に写っていたことは嬉しい。孫は成長した。代わりに自分は年を重ねた。

日常のちょっとした気持ちの動きをうまく表現している。川柳は人生の哀歓を詠む文芸であると、この句を読んでつくづく思う。ほのぼのとした人間味が出ている。

佛野に飯を乞われて跳び退く父よ

伊藤律

『風の堂橋』

このように父を詠んだ川柳はめずらしい。「佛野」とは作者の造語で、仏のいるところ、冥土、死者の霊魂が迷い逝く道、また行きついた暗黒の世界のことだろう。そこも現世のように飯を乞われることがある。しかし、まだ、冥土に慣れていない父はおろおろして、跳び退いてしまうことを娘は心配する。不思議な句である。作者は青森出身であるから、恐山と重ねているのかもしれない。父を想っての心象風景のようだが、彼女自身が揺さぶられている。最後の「父よ」が切ない。

ご遺族といわれて遺族かと思い

玉利三重子

斎場に行くと「ご遺族様控室」がある。係の人に「ご遺族様」と案内もされる。言われてみて、そうか「遺族」として参列しているのだと気づく。遺族として参列していても、遺族の実感がない場合がある。身内ならさすがにそうではないが、会ったこともない、顔も知らない遠い親戚の葬儀に出ることもあるからだ。ふと感じる意識のずれと日常の違和の表明。かすかな問題意識を持って一句を成立させている。乾いた書きぶりで、人の心の微妙な綾を突いてくる。

雪降れば雪雨降れば雨に濡れ

中野懐窓

一読したときはあたりまえだと思った。だが、なぜか素通りできなかった。作者の意志を感じたからだ。濡れないようにすることだってできる。が、濡れるのだ。「雨ニモマケズ　風ニモマケズ」ではない。逃げも隠れもせずに、あるがままに受け入れるという、自分自身の人生訓なのだろうか。雨や雪に濡れると、身体は冷たくなり、心もみじめになる。雪が降らなければ雪に濡れないし、雨が降らなければ雨には濡れることはない。

熟れていくいちじく　じっとりと昨日

笹田かなえ

『川柳作家ベストコレクション　笹田かなえ』

子どもの頃はいちじくは嫌いだった。田畑の端に実っていて、母は農作業の途中でもぎ取り、おいしそうに食べていたが、私は決して食べたいとは思わなかった。そのかたちも、白い液が出るのも、なによりもべちゃっとした熟し方が気持ち悪かった。生々しさが苦手だった。

この句はいちじくの生々しさで情念を引き出している。「熟れていくいちじく」をリセットせずに、「じっとり」で追い打ちをかける。「じっとり」が持っている粘着的な言葉のすがたが効いている。

生姜煮る　女の深部ちりちり煮る

渡部可奈子

『欝金記』

「生姜を煮る」のは現実で、「女の深部ちりちり煮る」のは心象だろう。生姜には健胃効果や鎮嘔効果がある。私もときどき生姜料理を作るが、苦心するのは辛味をどの程度まで抜くかである。辛味があっての生姜だが、あまりきついと辛くて食べにくい。

「女の深部」は「ちりちり」というのだから、熱くて痛むさまだろう。生姜独特の辛味はいくら煮ても消えることはない。痛さもそうである。辛さと痛さの存在をあらわにしている。

その傷を待ってたように噴き出す血

高橋古啓

そんなにたいした傷だとは思っていなかったのに血が出て、びっくりすることがある。それを、傷を待っていたように、出口を探していたように、血が噴き出してきたと感じるのは、なんとも言えない独自の身体感覚である。たとえ血であってもこのように迎え入れる。歓迎されない、見たくないものに対する作者の認識だろうか。それと同時にそういうものを裡に持っているという自負だろう。鋭利な感覚を表現している。

美しいひとをこころで侮辱する

林田馬行

『林田馬行集』

「美しいひと」というのは憧れの人だろう。その人に思いは通じず、手は届かない。ただ、見ているだけである。しかし、心ではなにをしても罪にならず、相手にも気づかれない。一方通行の恋心なのに「侮辱する」ことで関わりを持とうとする。これはかなり複雑で屈折している。「侮辱する」ことしかできない（しない）心境は怖ろしい。「美しい」の視線と「侮辱する」の心の行為にエロスが漂う。

鶴を折るひとりひとりを処刑する

墨作二郎

〈鶴を折る／ひとりひとりを処刑する〉〈鶴を折るひとり／ひとりを処刑する〉、どちらで切るかによって解釈が違ってくる。私は前者を採用する。

千羽鶴に代表されるように、病気回復や成就祈願のために鶴を折ることが多い。山折り谷折りが効いているほど鶴は見事なかたちに仕上がる。「ひとりひとりを」という言葉に、指先に力をいれて丁寧に折る動作と意志を感じる。災いの元凶となった人たちひとりひとりへの怒りが込められているような気がする。

人を焼く炉に番号が打ってある

柏原幻四郎

火葬場の炉には生前の名前ではなく、番号が表示されている。何番のところに来てくださいと係の人は言う。物を入れるコインロッカーのようである。しかし、そこには死んでいるとはいえ、人がいる。

遺族にとってはかけがえのないその人が番号で処理される。管理され、モノ扱いされる。誰が死んだとか、死んだ人に対しての哀しみとか悼みとかを書かずに、現実のシステムだけに意見している。

お悔やみのあとで体重計に載る

菊地良雄

お悔やみに行って、帰ってきてから体重を計った。亡き人を偲んでいるようでも体重を気にしているようでもなさそうで、なにを考えているのかわからない。感情をまったく見せずに一句にしている。作者の物事を見る方向や位置が気になる。生きていくことの根っこに触れているような気がしてならないからだ。わかっているようでわからない日常に、私たちは「私」として関わっている。「私」はなにを見ているのか。なにを考えているのか。淡々と現実を立ち上げる。

純金の傷つき易さ詩にならず

鈴木九葉

金は純度が高いほど傷つきやすく、アクセサリーなどは別の金属をまぜて強度を増している。純金はまじりものがないだけに傷も深い。だが、「傷つき易さ」だとしてもそれを「詩にならず」とはなんと辛辣であろうか。傷ついただけ、感受性が強いだけではどうしようもないというのだろうか。他のものなら詩になるのか。たとえば、木片の傷と言われる方が感情移入しやすく、たやすく心が揺さぶられるということはある。詩とはなにかと思う。

深みとは何水甕に水のなき

川上日車

　水甕には普段、水が入っている。ところが水のない水甕を見た。もちろん、そういうこともある。しげしげとからっぽの水甕を眺めていたら、水甕の深さというものに気づいた。水甕に水があるときには底までは見えなかった。水のない水甕だからこそ際限の知れない深さを感じた。同時に「深み」というものはなにかと考えたのだ。だから唐突に「深みとは何」と切り出さざるを得なかったのだ。

あるじとや門標一つ晒されて

北川絢一朗

『泰山木』

「門標《もんぴよう》」とは表札のことである。今は掛けない家もあるし、家族全員の名前が書かれているものもある。私が子どもの頃はその家の主の名前だけが玄関の一枚の板に堂々と掲げられていた。そんな表札は、この家で一番偉いのは私だと、上から目線で威張っているおじさんの顔のように見えた。だから、「晒されて」に意表を突かれた。自分であれ、他人であれ、雨風や世間の目に晒されてしまう一家の主という存在を皮肉っている。

渡された蛍に両手ふさがれる

熊谷冬鼓

『雨の日は』

蛍を渡されて籠がなければ、両手で受けるしかない。もう両手は他のことに使えない。それどころか開くことすらできない。誰に蛍を渡されたのか。蛍はなにを告げているのか。ふさがれたのは両手よりも心のほうだろう。

俳句で「蛍」は夏の季語だが、この川柳の「蛍」はたんなる舞台道具だ。蛍を渡されたあとどうなったのかをあれこれと想像し、そこに立つ人の思惑のほうに関心がいくのが、川柳の一般的な読みのような気がする。

鍋一つ遺書のかたちに置くときも

村井見也子

『薄日』

一日の終わり、夕餉のかたづけを済ませて、洗い終えた鍋を遺書のかたちに置くときがあるという。「遺書のかたち」とは死を意識しているということかもしれない。何事もないように振る舞い、そしらぬ顔で生活しているが死を見据えている。

男性目線ではない、それでいて女性の自立、社会進出などとは別の位置からの女性の川柳である。物腰はやわらかいが、言葉が鋭く使われている。

ミルクキャラメルが痛みになっている

森田律子

ミルクキャラメルの甘さは心を癒してくれるのではなく、余計に傷心度を深めるということだろうか。必要以上に甘くて、あとあとまで口の中にべたべた感が残る、ミルクキャラメルの味を思い出した。共犯めいた甘さがここにある。ミルクキャラメルは作者の個人的な思い出として、別の意味合いがあったのかもしれないが、「ミルクキャラメル」と「痛み」の組み合わせは意外だった。「ミルクキャラメル」が小宇宙を作り上げている。

神さまに聞こえる声で　ごはんだよ
ごはんだよ

山村祐

「ごはんだよ」はごはんができましたよ、ごはんを食べましょう、である。「ごはん」には強力な磁場がある。この楽しみがあるから生きていける。「だよ」とやさしく語りかけられると、その磁場は一層あたたかくなる。それを二度繰り返して、一字空けての、「ごはんだよ　ごはんだよ」。表記が新鮮である。

そんな人間の地上での生活を、天にいる神さまに聞こえるように伝える。神さまも食卓に降りてくるだろうか。この世とこの世の外、ふたつの世界を意識させる。

ごはんほかほか顔の左右の不思議なずれ

普川素床

「ごはんほかほか」は人生の至福のひとつである。けれども、「顔の左右の不思議なずれ」となると、至福は大きく揺らぐ。炊きたてご飯の湯気の中で、自分には見えない自分の顔のずれを認識することで、「ごはんほかほか」の日常のしあわせ感がなにやらおかしくなり、変質する。ミステリーであり、ホラーである。状況をそのまま詠んでいるように見えるが決してそうではないだろう。それが日常というものの正体だったりする。

茹で玉子きれいにむいてから落し

延原句沙弥

『川柳延原句沙弥句集』

この句の初出の1951年頃、玉子は貴重品であった。私も遠足のときには、お弁当と別に茹で玉子と塩を入れた袋をよく持たされた。おかずの補助品であり、お弁当を食べたあとに茹で玉子を食べるのは楽しみであった。殻をきれいに剝いて、さあ食べようとしたらつるんと手からすべり落ち、せっかくの玉子が土まみれになったことがある。あーあ、である。誰にでも思いあたることを川柳に詠んでいる。人生はこのようなことの繰り返しである。

指先の力があまる稲荷鮓

村岸清堂

「稲荷鮓《いなりずし》」はシンプルな食べ物だが、油揚げの甘煮を作るには繊細さが必須である。油の抜き加減だけでなく、仕上げに袋にして、酢飯を詰めるときの力の入れ具合が難しい。力を入れさえすれば、あるいは頑張れば、なにごともうまくいくとはかぎらない。力をセーブして、程よく調節することのほうが微妙で難しい。生きていく知恵は力の余らせ具合にあるような気がする。破れた油揚げで学ぶことは多い。

半分のキャベツに夜がやってくる

徳永政二

余程の大家族でないかぎり、キャベツ1個を丸ごと夕食に使い切ることはほとんどない。夕方まではもう半分と一緒で1個だったキャベツは、今は半分になってひとり（？）で夜を迎えなければならない。明るかった外もだんだんと漆黒の闇になる。

この句を読むまで、なんのためらいもなく残りのキャベツを冷蔵庫にほうり込んでいた。俳句で「モノをよく見る」のは既成概念を捨てるためだそうだが、川柳において「コトをよく見る」のは日常を捉え直すきっかけである。

電熱器にこっと笑うようにつき

相元紋太

『川柳全集第八巻　相元紋太』

電熱器が「にこっと笑うように」とは、うまく描写したものだと感心する。同時に、そのように見た作者の心の温もりを感じる。電熱器がつくとそのまわりの空間も、人の気持ちもあたたかくなる。

今の暖房器具はにこっと笑うようには起動しない。スピードと機能性がなによりも求められているのに、笑っていたのでは売れ残ってしまう。にこっと笑うようにつき、にこっと笑うように感じ、にこっと笑うことに共感するようなのんびりした時代は、もう過去のことである。

パサパサの忍び難きが炊きあがる

きゅういち

『ほぼむほん』

パサパサなんて、どうしようもないご飯である。要は失敗作。その失敗作の形容で「忍び難き」を付けるなんて、なんてことをするのだろう。「忍び難き」といえば、「耐え難きを耐え、忍び難きを忍び……」の玉音放送（終戦の詔勅）である。歴史が大きく変わった。言葉によって現れる空間に昭和や戦争を表出させ、現在を浮かび上がらせる。嫌味な、悪意のある、批評性に富んだ川柳である。昭和の事実を彼なりに意味づけしたのかもしれない。

月を観ている忘れられたパンツ

木暮健一

『高田寄生木賞 入選作品集』

外出をしていて、帰宅が遅くなって、夜に慌てて洗濯物を取り込むことがある。暗いし、慌てているので、靴下などを取り忘れたりする。ここでは下着のパンツである。物干し竿にぽつんと取り残されたパンツ。なんだか恰好悪いし、恥ずかしい。しかし、パンツは必需品である。

パンツの持ち主は気がついていない。なかなか取り込んでくれそうにもない。しかたないのでパンツは月を見ている。月もパンツが心配でじっと見ている。ほの白いふたつのものが呼応する。パンツと月は意外と絵になる。

家中の灯りを点けて確かめる

平井美智子

『なみだがとまるまで』

家中の灯りを点けて確かめたかったのはなにか。なんとなく、家中の灯りを点けても確かめられないもののような気がする。誰かの心（たぶん、恋人の）や、自分の心かもしれない。

冷静になって、明るくして全体を見渡せば、見えてくるものがあると、作者は思っている。家中の灯りを点けまわっている姿を想像すると切なくなる。頭ではどうすることもできないから身体を動かして心を落ち着かせている。自分の中にある確かめたいものの存在に気付かされる。

私より古いお皿がまだ割れぬ

東川和子

　私がこの家に嫁いでくる前から食器棚に鎮座していたお皿を、今も使っている。食器棚のほうは何度も新しくなっているというのに。昔の食器は丈夫で味があり、使い勝手がいい。というよりも割れないと捨てられない。いいかげんに割れてほしいとも思うが、そういうお皿ほど割れない。
　先日、家族が増えたので少し大きめの土鍋を買った。さっそく魚ちりをしたのだが、野菜を足すときに手がすべって、蓋を落としてしまった。蓋はあっけなく割れた。蓋のない新品の土鍋が残った。

栗ほじるレジスタンスは置き忘れ

山下繁郎

『旗旒』

「レジスタンス」とは権力などに対する抵抗運動である。そういう言葉に敏感に反応した時代があった。ふと、栗をほじくって食べている今の自分の姿がいじましくなり、唐突にレジスタンスという言葉を思い出した。昔はもうちょっと夢や希望もあり、こころざしなんかもあった。栗をほじくっている姿は、現在の自分を象徴している。それがすべてに通じているように思って、感傷的になったのだろう。社会も自分も大切なものを置き忘れ、どこに向かおうとしているのか。

三点差あるからパンツ穿き替える

本間かもせり

野球かサッカーなどをテレビで観戦している。贔屓のチームが3点差で勝っている。たぶん、このままでだいじょうぶ、今日は勝てる。3点差でやっと余裕が出てきた。帰宅して、すぐにテレビにかじりついたので、まだ着替えもしていなかった。3点差ある、今のうちである。ようやくパンツを穿き替える。
「三点差」と「パンツ」のリアリティが絶妙。熱狂的なファン心理の可笑しさと可愛さが見てとれる。

控えには缶詰切りとおろし金

石田都

調理器具の便利さにたびたび驚かされる。あたりまえに使っているが、ないとたいそう不便で、それまではどうしていたのだろうと思う。「缶詰切り」も「おろし金」もなくてはならない。しかし「控え」になるとは思わなかった。確かにどちらも目立つものではない。作者の日頃の生活や人柄が垣間見えるような気がする。へそ曲がりなのかもしれない。ユニークで意味深な「控え」のニュアンスを巧みに活用している。スタメンはなんなのだろう。

子がみんな寝てからリンゴ妻が出す

定金冬二

『無双』

中村草田男の有名な俳句に〈空は太初の青さ妻より林檎うく〉がある。どちらの句も終戦後の食料の乏しい時代に作られた。そのような時代に生かされている感慨が妻からの林檎に象徴されている。しかし、両者の林檎の立ち位置は見事に異なる。草田男の俳句では、空の青さと林檎の赤さが景として際立つが、冬二の川柳には生活が見える。林檎はささやかな、夜の大人の楽しみだった。庶民の哀歓がひしひしと伝わる。

金曜日の川柳

妖精は酢豚に似ている絶対似ている

石田柊馬

『セレクション柳人2　石田柊馬集』

妖精と酢豚、どこも似ていないと誰もが思う。しかしそれを「絶対似ている」と子どものように言い張る。妖精のイメージが一気に壊れる。読み手を引き込む確信犯である。

肝心なことに気づいた。妖精を見たことがない。絵でそれらしきものを見たことはあるが、架空の、想像のものである。だから、酢豚に似ているはずがないと思いながらも、似ているような気もしてくるからくやしい。決まりきっているものへの嫌味である。「絶対」がクセモノで、あくの強い語りにうまさがある。

カミサマはヤマダジツコと名乗られた

江口ちかる

「カミサマ」とはどこで出会ったのか、いつそう名乗られたのか。日本人だったのか、女性だったのか。名乗られたあと、どうされたのだろう。突っ込みどころはいくらでもある。「ヤマダジツコ」はリアリティがありそうでなさそうな、絶妙に巧みな名前設定だ。そして、「かみさま」でも「神さま」でも「神様」でもなくカタカナの「カミサマ」。なんの根拠もなく、理由もないのだが、その唐突さに説得力がある。

梟になれるポイント貯めている

三浦蒼鬼

ポイント社会である。財布はポイントカードで膨れ上がっている。ガソリンを買ってもパンを買っても、ネットで買い物をしてもポイントが付く。ポイントが貯まったら、値引されるし、モノと交換してくれるし、確かに得をしているのだろうが、ポイントに振り回されている。

梟《ふくろう》は止まり木でじっとしていて、不思議な雰囲気があり、得体の知れなさがある。がんばってポイントを貯めても梟だったら、私はパスする。夜に出て、ノネズミなんか捕りたくない。ポイントを貯める行為の奇妙さだろうか。

レモン輪切りぐらいで満ちてくる神秘

多田誠子

「神秘」は「神」プラス「秘」。なんとも仰々しい言葉である。しかし、その「神秘」が「レモン輪切りぐらい」で「満ちてくる」ものだと作者は気づいた。日常とかけ離れていると思っていた「神秘」が身近なところにもあった。

夜空の星を見ていて、神秘を感じることはあっても、レモンを切ったくらいで神秘は感じなかった。しかしレモンを切るとつんとして、酸っぱいにおいが漂ってくる。今までそこにあった空気とはなにかが変わる。言われてみれば「神秘」はそのようなものであると納得する。

人間を取ればおしゃれな地球なり

白石維想楼

人間がいなくなったらどんな地球になるんだろう、とときどき思う。そんな未来が来るかもしれない。静かな、落ち着いた地球になるのか。それとももっと殺伐としたものになるのか。この句は「おしゃれな地球」になるという。「おしゃれ」が意外と的を射ていて、おしゃれである。たとえば「平和な」とか「きれいな」なら理に落ちてしまっておもしろくない。私も地球に生きているうちのひとりだが、だから余計に、人間とは地球にとって、実にやっかいな代物であると思う。

夢を彫るには異論のない空だ

高橋白兎

2月の空が好きだ。きりりとした冬晴れであり、春が近いと思わせる明るさがある。その澄んだ空に絵を描きたいと思うことはあったかもしれないが、「夢を彫る」という発想はなかった。「彫る」と言われると、のっぺりとした空ではなく、どこまでも高い空として立体的に思えてくる。そして、青いとか澄んでいるとか今まで聞いたことのある形容ではなく、それらをすべて含んだ「異論のない空」。異論という硬い言葉をチョイスするところにセンスを感じる。このように空の美しさを表現した川柳があった。

紙の雪ふらせ一族鳥になる

飯尾麻佐子

　紙の雪が降ってきてクライマックスになり、そして幕が下りた芝居を観たことがあった。内容はよく覚えていないが、そのシーンだけがやけに印象に残っている。確か、観客は誰もが泣いていたと記憶している。
「紙の雪ふらせ」という演出のもと、「一族」は自分も含めて、鳥になったのだろう。ここではないどこか、今とは違う世界に鳥になって飛び立つ。多少芝居がかってはいるが、新たな決意と覚悟の程をうかがわせる。作者がそこに立っている。

牛のマンドリンを聞く騎兵――秋の胃

青田煙眉

『川柳新書第三八集　青田煙眉集』

初っ端からわからない。牛の奏でるマンドリン？　あるいはそのような音色？　それを馬に乗った兵隊が聞いている。「秋の胃」？　ふたたび謎である。

言葉を詰め込んだ描写に粘着力のある句は、川柳ではめずらしい。「牛」も「マンドリン」も「聞く」も「騎兵」も「秋」も「胃」もすべて知っている言葉であるが、言葉の組み合わせが一般的ではなく、意味で解きほぐすことができない。けれども、同時に意味が濃厚に立ち上がる。自我の揺らぎや思惟がひっぱり出される。

遥かな空に木があり補聴器を吊るす

森田栄一

見上げたら空は高く広く澄みわたり、どこまでも自由で、木ものびのびと茂っている。自分は補聴器のおかげで日常生活を支障なく過ごすことができる。だから、日頃の感謝を込めて、補聴器も耳も自由にしてみた。「吊ってある」のではなく、「吊るす」だから、自分の意志で吊ったのだろう。風に揺れる補聴器、しばし現実から解放する。空があり、木があり、そこに補聴器がある。まるでダリの絵画の「記憶の固執」のようだ。

二又ソケットに父の永住権

飯田良祐

『実朝の首』

「二又ソケット」は電気の供給口を二又にして電灯と電化製品を両方同時に使用できるようにしたもので、子どもの頃に家庭で使っていたことを覚えている。便利だったが無理矢理感が半端ではなく、へんなものであった。その不自然なかたちには生真面目さと貧しさが漂っていた。

そこに「父の永住権」。「永住権」とわざわざ言うわりにはあまりにも矮小なところである。父に対する複雑で屈折した心情を見る。二又ソケット以外に永住権のない父、その父の子である私。「私」とは一体なんだろうか。

誘われて鳥獣戯画にまぎれ込む

櫟田礼文

心が晴れないと、ここではないところに逃げ出したくなる。しかし鳥獣戯画とは、たいそうなところに行ってしまったものである。しかも、間違ってとか、偶然とかではなく、誰かに誘われた。「まぎれ込む」だから、正面からではなく、混乱などに乗じて入ったのであって、ここでは自分が異質であることを承知している。さて、絵の中の世界はどんなところだったのか。ひょっとすると、こちら側にはもう帰って来られないかもしれない。

ほうれん草炒めがほしい餓鬼草紙

飯田良祐

『実朝の首』

餓鬼草紙は、六道のうち餓鬼道に堕ちた者を描いた絵巻物である。この句の作者は、飢えと渇きに苦しむ餓鬼を見て、「ほうれん草炒めがほしい」ことだけを書いた。ほうれん草のおひたしではなく、脂ぎった炒め物の質感が微妙に伝わってくる。実際に彼はそのあと、ほうれん草炒めを肴にして、ビールを飲んだだろう。なぜか餓鬼たちと食べている様子を想像してしまった。決して深刻ぶらないところに川柳らしさがある。

霧晴れる天狗は団扇取り落す

向山つね

霧が晴れた。天狗はあまりの急な晴れ具合にびっくりして、正体があらわになり、人間に見つかったらどうしようと慌てて、手に持っていた団扇をうっかり落としてしまった。

霧がかかっているときと霧が晴れたときはまるで別世界で、同じところとは思えない。天狗は伝説上の生き物ではあるが、親愛の情を持って生き生きと描いた。霧が晴れることと天狗の動作を並列にしたことで、空間の広がりが生まれている。

輪を叩きつけて天使は出ていった

きゅういち

『ほぼむほん』

こんな天使は見たことがない。いや、どんな天使も見たことはないのだが、私の想像する天使は決して輪を叩きつけたりしない。しかし言われてみれば、天使だっていつも穏やかでいられるわけがない。天使なんてやってられないと出ていくこともあるのだろう。

こんな突飛な行動をとる人間臭い天使の存在に親近感を持つ。威勢のいい言い放ちはユーモアのエッセンスを撒き散らして、天使を登場させた。怒るのも、怒っているのを見るのも、生きている実感のひとつである。

おれの　ひつぎは　おれがくぎうつ

河野春三

『定本　河野春三川柳集』

生前に棺を用意しておくことぐらいはできるが、自分の棺に釘を打つことはできない。死んでからであっても、自分のことは自分で始末をつけたい。人の手を借りることが嫌で、人に任せることができない。なんという頑なさであろうか。でも、河野春三ほど覚悟と矜持の似合う川柳人はいない。自負心の強さがあり、妥協できない強情な人であったと聞く。この句はその極みである。ひらがな表記で「おれの」と「ひつぎは」のあとは一字空けで七七句である。これ以上マッチョな川柳は他に知らない。

かの子には一平が居たながい雨

時実新子

『月の子』

雨が降り続くと気分が重くなる。洗濯物も乾かなくなり、家の中も心の中もじめじめとして、うっとうしくなる。うっとうしくなるとうっとうしいことが頭をよぎる。

時実新子は「川柳界の与謝野晶子」と言われたが、新子自身は晶子より岡本かの子に憧れていた。ときにぶつかり合いつつも、妻であるかの子の才能を認めていた岡本一平という伴侶がいることが羨ましかった。かの子には一平がいた、それに比べて私はどうだろうか。降りしきる雨を見ながら誰に当たるわけにもいかない。

台風一過　あとにさみしき男の歯

細川不凍

台風一過とは、台風が過ぎ去ったあとの上天気のことである。嘘みたいに晴れ上がった天気のなか、ふと気づくと残されたのは、「さみしき男の歯」。この男とは自分のことで、自分ひとりであるような感慨だ。「男の歯」が映像的で印象的。男の歯は真白く光り、寂しさを際立たせる。その歯で物をかみ砕き、いつもどおり生きていく。台風が来て去ったという自分をとりまく環境を、自分自身の感慨と擦り合わせている。

骨は拾うな　煙の方がぼくなんだ

海堀酔月

『両忘』

人が死ぬと遺体は焼かれ、残されたものは骨を拾う。が、この句は「骨は拾うな」で始まる。1文字の空白で、一瞬立ち止まる。なにか大きな理由でもあるのかと思ったら、天に昇っていく煙のほうが自分なのだという。煙のなかに魂があるのか。作品全体が死者の発言であることにも驚かされる。

この声を聞いた遺族たちは、骨を拾うのをやめ、煙に祈りを捧げるのか。それとも通例通り骨壺に骨を入れて持ち帰り、墓の下に埋めるのだろうか。

それはもう心音のないアルタイル

清水かおり

川柳は前句付けから始まった文芸である。この句も前句に対する付句のようである。あるいは、今の心の状態を問われての瞬間的な返答かもしれない。

アルタイルは牽牛星、七夕伝説の彦星であり、今までは元気な鼓動を響かせて、彼女の希望の星であった。しかし、いくら耳を澄ませてもそのアルタイルから心音が聞こえなくなってしまった。過去を振り返りながら、冷静に答えている。どうすることもできない心情を見つめている。川柳は嘆きや寂しさをこのように表現できる。

馬が嘶き　花嫁が来て　火口が赫い

泉敦夫

『風話』

一日の出来事なのか、一枚の絵なのか。言葉の連なりによってひとつの世界があらわれる。〈馬が嘶《いなな》き〉〈花嫁が来て〉〈火口が赫い〉のそれぞれが独自にクローズアップされ、循環する。聴覚的に、視覚的に、動きのあるひとつひとつのフレームが鮮やかに目に浮かび、抒情のある詩性が発生している。普遍性のある3つのパートのつながりは情感を立ち上げ、なにかを暗示しているようだが、作者はなにも述べていない。私たちはこれらを、真近で体験しているかのようである。

バレエの男ほど妻抱きあげたことがない

花戦

バレエではバレリーナをバレエダンサーの男性が軽々と抱き上げる。作者はふと我が身を振り返ったのだろう。自分は妻を抱き上げたりはしない。そして、バレリーナをあれほど高く、あんなにスマートにひょいと持ち上げるダンサーをかっこいいと思ったのだ。しかし、妻のほうはたぶんあんなに高く抱きあげられたら困惑するはずである。夫はバレエを観て、そんなところに感心して、そんなことを考えているのかと驚く。

難儀とは女優の庭に生える草

柴田夕起子

女優は他人の目を意識していて、庭もきれいにしなければならないから難儀なのだと、最初は読んだ。あの女優の家の庭は草ぼうぼうだと言われれば人気にも影響する。が、ふと「女優」は作者自身のことを指しているのではないかと思い直した。女優の庭に限らず、どこの家でも庭の草は難儀である。「だって、私は女優なのだから、草取りなんてしないのよ」とおどけているのだ。「難儀」という言葉に可笑しみがあり、「女優」という言葉にユーモアを持たせた。

夜桜を見て来て誰も寄せつけず

渡辺康子

桜は不思議な花である。人は桜に誘われてふらふらと出掛けていくが、この人は夜桜を見たあと、誰も寄せつけないというのだ。この句は夜桜の本質を突いている。

川柳を始めて少し経った頃にこの句と出会い、ドキリとした。桜の季節になると毎年思い出す。大人の女性の句で、近づけない雰囲気があった。私には縁のない世界だったけれど、いつかはこんな句も詠めるようになるのだろうと淡い期待を抱いた。それから月日が流れて、大人の歳を充分すぎるほど過ぎてしまったが、まだ詠めない。

男皆阿呆に見えて売れ残り

山川阿茶

阿茶は大正八年に今の東京女子医大を卒業し、さらに京大医学部の選科に入学、女子として初めての勉学を続けた才媛で、生涯独身であったという。

当時は現代のように世間も親も独身の女性に寛容ではなかった。結婚しなかったというこだわりがこのような川柳を詠ませた。現代の女性は生き方を選択できる。結婚するもしないも自由で本人次第である。阿茶が今に生きていたなら、もっとのびのびと過ごし、自分のことを品物のように「売れ残り」なんて言わなかっただろう。

命まで賭けた女てこれかいな

松江梅里

「これかいな」とふと口から出たつぶやきが川柳でそのまま生きる。生きるとか死ぬとか言って大騒ぎした相手が「これかいな」とは、思わず笑ってしまう。口を開けて笑っている姿か、気をゆるめて眠っている姿か。そのあまりの無防備さに、ふと口から出たのだろう。しかし、これ以上のしあわせはない。超一流のお惚気かもしれない。

下五へのつなぎとして大阪弁の「て」が絶妙に効いて、リズムもテンポもよくなる。「は」や「が」ではそうはいかない。

妻一度盗られ自転車二度盗らる

渡辺隆夫

『宅配の馬』

妻を盗られたというおおごとを、ヒートアップせずにあっさりと書く。もちろん、意義なども申し立てない。淡々と自転車と同等のように書く。二度も盗られてしまった自転車のほうが大事なようにも読めてしまう。このように書かれる妻も、妻を盗られた夫も形無しである。

川柳特有の“穿《うが》ち”だろうが、人の価値がますます軽くなっていく世相への批判を、真正面から声高には叫ばずに、軽くいなすように書いている。

旅ひとり仁王の口を真似てみる

森中恵美子

『仁王の口』

森中恵美子は、時実新子と人気を二分した川柳人である。新子は取り澄ましたものの奥にある真実を女性の鋭い視線で川柳にしたが、恵美子は既成の女性観を受け入れ、その葛藤を句に表した。作品はやさしくて明解だが、どきっとするほどの寂しさがにじむ。「旅ひとり」は、ずっと私はひとりで生きてきたという意味だろう。そのときどきで、仁王の口を真似てやり過ごしてきた。どんな気持ちで仁王の口を真似たのだろうか。仁王の口をした自分を見て、笑って、泣いて、そして励ましたのだ。

自分より大きなものを見に通う

住田三鈷

自分より大きなものなんてまわりにいっぱいある。山だって、川だって、木だって、みんなみんな大きい。自分より大きい人だってたくさんいる。

この句のポイントは「見に通う」にある。「通う」とはそこに何度も行くことであり、句に具体的な動きが出る。「大きなもの」とは、具体的ななにかだろうか。見に通っているあいだに自分自身も少しは大きくなれると思ったりもしただろう。生きていくとはそういうことである。

父はときどき菓子折りさげて芒野へ

井出節

『井出節川柳作品集』

父親が菓子折りを持ってときどきどこかに出掛けるのはありそうなことである。しかし、行き先が「芒野《すすきの》」とは合点がいかない。「芒野」は癒しの場として読むこともできそうだが、よからぬところのような気もする。
「ときどき」だから、今回だけではない。ときどき芒野に行かなければやり過ごせないものを父は抱えている。それが「父」というものだ、と父である作者が言っているようにも思う。菓子折りをさげる父、芒野へ行く父、そんな父の姿が見えてくる。

うっすらと雪置く墓を撫ぜに来た

石曽根民郎

しんとした美しい情景が目に浮かぶ。「うっすら」とあるから新雪だろう。まっしろな雪が大切な人の眠っている墓を飾ってくれている。その墓を撫でに来た。たったそれだけのことを言っているのだが、しんとした寒い空気と亡き人をどれほど偲んでいるのかがじんわりと伝わってくる。「雪置く」の措辞がいい。そして、「撫ぜに来た」でぐっと身近に引き寄せる。「撫ぜる」とは究極の親愛のしぐさである。この世ではもう会うことがかなわないあなたに会いに来た。ひんやりした感触の静謐さで身が引き締まる。

あじさい寺の冬を想像せぬことだ

小出智子

『蕗の薹』

淡い紫碧《しへき》色や薄紅色などの紫陽花は、雨のうっとうしさを忘れさせてくれる。しかし、作者はどうしてか半年後を思い浮かべてしまった。わざわざ足を伸ばして紫陽花の有名な寺に来たのに、ふと冬になったらこの庭はどうなっているのだろうと思った。今が盛りの花の美しさに酔いしれていればいいのに、余計な心配をする。そして、冬の情景を勝手に考えて、興ざめする。そんなことは今は想像しないでおこうと、自分のやっかいな性分に苦笑している。

旅をするハンサムな雲ひき連れて

高橋かづき

『ふあんのふ　ふしぎのふ』

ゆったりと漂う雲。空に負けないくらいに澄んでいて、しなやかできりりとしていて形状も美しい。「ハンサムな雲」とはなんと深くてやさしい言葉だろうか。あの鷹揚ぶりはまさしく美男子ならではのものである。

日々生きていくにはたいへんなことも嫌なこともある。しかし、誰にも公平な雲があり、そんな雲の下で私たちは生活している。余計なことは言わず、黙って私を見ていてくれる。空気も爽やかで美しい。

仏蘭西の熟成しきった地図である

飯島章友

地図を長いこと見ていない。子どもの頃は目的もなく地図を見て、勝手にわくわくしていた。宝探しの地図なんかも作って遊んでいた。地図には夢があり、気持ちをどこか遠くへ飛ばしてくれた。
「熟成しきった」はふつう地図を形容する言葉ではない。「仏蘭西《ふらんす》」とあるからワインのようによい香りで、なにもかも知り尽くした地図ということなのだろうか。世界地図中で仏蘭西だけが熟成しているともとれる。前句を考えてみるのもおもしろい。

国境を知らぬ草の実こぼれ合ひ

井上信子

この句は昭和十五年に発表された。井上信子は井上剣花坊の妻。剣花坊の川柳には人柄と思想が色濃く表れていたが、信子の川柳は女性ならではの視点でアイロニカルなメッセージを乗せている。信子にも描きたいモチーフははっきりとある。硬骨漢《こうこつかん》の剣花坊と大きく異なるのはアイデンティティをナショナルなものに頼っていなくて、柔軟でたおやかなところである。

人間が決めた国境はしばしば紛争の種になる。が、草の実に国境は関係ない。さまざまなものが結実し、開花する。

オルガンとすすきになって殴りあう

石部明

『遊魔系』

　オルガンとオルガンならどちらかが壊れるだろうし、すすきとすすきでは無残になる。オルガンとすすきだと、一体どういう勝負になるのだろうか。
「オルガン」も「すすき」も比喩として読まなかった。矛盾するかもしれないが、「になって」だからである。もちろん、人はオルガンにもすすきにもなれない。殴り合ってもどうしようもないことは最初からわかっている。しかし、オルガンとすすきになって殴り合うしか術がないのだ。オルガンの音とすすきの質感が切なさを増幅する。

ススキ対アワダチソウの関ヶ原

大木俊秀

『満天』

関ヶ原に行ったことがある。しかし、ここがあの「関ヶ原」か……？と拍子抜けするようなところであった。その後の日本の支配者を決定付けた天下分け目の戦いがあった「関ヶ原」とは到底思えなかった。

戦のあった昔には多くの人が殺し、殺され、死んでいった。現在の関ヶ原はあたりまえだが平和である。ススキとアワダチソウが向かい合って、風に揺れている。もう戦はご免こうむりたい。「VS」はススキとアワダチソウで十分である。

水車小屋戸が開いている一人いる

房川素生

水車小屋を見つけた。近づいてみると戸が開いている。もっと近づいてみると、中の様子が見えて、人がいた。水車小屋は景観のためのものではなく、水車によって製粉などの機械的な工程を駆動する場所である。そこで人は仕事をしている。

五七五のリズムに合わせて、読者はつぎつぎと景を発見していく。そして、最後に「一人いる」。そこに人を見つけたことで俄然、句が生気を帯びる。人がいることで安堵感や親しみがもたらされる。

ぎやまんの切子へうつる昼さがり

河柳雨吉

『柳風雨調』

こんなに華やかで美しく、アンニュイな川柳が昭和初期に書かれていた。ギヤマンの切子の形状をそのまま述べるのではなく、昼下がりを映すことによって、その存在をより印象的なものにしている。抽象的で、やけに明るく、それでいてなんともけだるい。カットグラスのキラキラの繊細さと鋭利さが、日常から離れた別の世界に誘う。ギヤマンの切子に映った世界にくらくらする。

チベットへ行くうつくしく髪を結い

石部明

『セレクション柳人3　石部明集』

石部明には死を詠んだ川柳が多い。彼は陽気でバイタリティーがあるのに、その一方でこの世の外にいるような雰囲気もあり、ぞくぞくさせるものがあった。この句も死装束のような趣がある。この「チベット」は私たちが知っているチベットではなく、死後の世界に選んだ場所のように思える。そこへ行くために自分で髪を美しく結い上げる。結い上げた髪には漆黒の艶があり、独自の光彩を放つ。まばゆいばかりである。

ふるさとを掘ると一揆につきあたる

佐藤岳俊

『川柳作家全集　佐藤岳俊』

圧政で我慢の限界を超えた農民が、死を覚悟して戦った。その上に今の自分たちは生き、今の生活がある。岳俊は、一揆を起こした農民の辛苦を忘れてはいけないと思っている。

近年、社会性川柳を書く人が少なくなっている。岳俊は若い頃から社会性川柳にこだわる数少ない川柳人である。東北の風土に密接に関係したものが多く、それも一貫して労働者、農民などの弱者からの視点で書いている。

赤紙が来るかも知れぬお味噌汁

須田尚美

『螢火』

家族で食卓を囲み、いつものように味噌汁を啜っているときに、ふと戦時中の記憶がよみがえったのだろう。味噌汁に象徴されるような、ごくありふれたささやかな日常が突然奪われる。召集令状で名指しされたら、否が応でも戦争に行かねばならない。拒否することなんてできない。平穏な食卓から働き盛りの大黒柱を連れ去り、残されたものの生活も容赦なく壊した。現在も、赤紙が届く日がじわじわと迫ってきているような気がするときがある。

戦死者の中のわたしのおばあさん

松永千秋

『セレクション柳人18　松永千秋集』

戦場に駆り出されて死んでいった男の人はたくさんいるので、戦死者というとすぐに男性たちを思い浮かべる。しかし、その陰で「銃後の守り」という大義名分のもと、社会的拘束を受けて、死んでいった多くの女の人がいる。その人たちすべてが戦争の犠牲者であり、戦死者である。「おばあさん」というのがなんともやるせない。自分のために生きることなく、一生を終えた、そんなおばあさんがたくさんいた。その中のひとりが「わたしのおばあさん」だった。

世の中におふくろほどの不仕合せ

吉川雉子郎

小説家の吉川英治は、20歳前後のときに「雉子郎」の雅号で川柳を詠んでいた。雉子郎は焼け野の雉子の子を思う親心をしのんでの名で、彼は親思いの青年だったらしい。

母親が不幸であると嘆いて、母親を哀れんでいるだけの句ではないように思う。多くの偉人の伝記に登場する母と同じにおいがする。自分のことよりも家族のために生きている母に感謝し、不幸せな母を幸せにしたいという強い思いが、この句を作らせたのではないだろうか。だから「吉川英治」が誕生したのだ。

小糠雨やにわかに踊り出す兵士

北野岸柳

霧のような小糠雨に濡れることによって、なにかがふっきれたのだろうか。ふざけて踊っているようにも読めるが、踊り出すのは「兵士」である。抑えていたものが溢れ出て、踊るしかなくなった。涙を浮かべながらの踊りかもしれない。笑いながら踊っていたらなおさら悲しい。兵士とは他人から与えられた使命を行う、本当にやりたいことができない生き方を強いられている人を指しているように思う。兵士は作者自身のようでもある。

橋の向こうに帰ってしまうチンドン屋

淡路放生

神戸で久しぶりにチンドン屋を見かけた。私が子どもの頃に見たような、派手な着物を身につけた、ちょんまげの男の人と日本髪の鬘《かつら》の女の人だった。名前通りにチン，ドンと鉦や太鼓を叩きながら、にぎやかに歩いていた。

子どもの頃、いつまでもチンドン屋についていって、叱られたことがある。チンドン屋本人と、母にである。橋の向こうはどんな世界なのだろうか。橋があるだけに向こうを夢の世界のように思ってしまっている。だんだん音が遠のいていく寂しさがある。

切符売りのおばあさんの切符はぬくいな

岡橋宣介

首から布切れの袋をぶら下げて、指先のあいた手袋をして、切符を売っていたおばあさんがいた記憶がある。おばあさんから手渡されたぬくい切符からぬくもりがじんわりと伝わった。

先日、券売機の前で立ちつくしているおじいさんに出会った。みんな急いでいるので、どんどん追い抜かれていく。切符売りのおばあさんがいたらそんなことはなかっただろう。

嘘つきがいっぱい豆腐屋はこない

石橋芳山

私が子どもの頃は、豆腐屋が家々に売りにきていた。ラッパだったか鉦《かね》だったか、豆腐屋のその音が聞こえると、母は「豆腐屋さん」と急いで呼びとめて、入れ物を持って買いに走っていた。

今はいつでもスーパーなどで豆腐が手軽に買える。しかし、便利さを求めるあまりに、その一方で失くしたものがいっぱいある。「嘘つきがいっぱい」は疲弊した現代社会を指しているのだろう。人の心は簡単・便利・安価なものに売り渡されていく。

白黒の力道山は強かった

木村和信

「力道山」、懐かしい名前である。本当に強かった。空手チョップで外人レスラーを叩きのめす。それも今までの数々の反則や理不尽な行為に対して、がまんにがまんを重ねてきたあとに、やっつけてくれる。今思えば、「水戸黄門」と同じパターンだ。それに熱狂した時代があった。
「白黒」とは白黒テレビのこと。そして、白黒の付けやすい、わかりやすい試合のことでもあるだろう。力道山の試合を観たいがために、当時かなり高額だったテレビが売れた。

シャボン玉ああ夕焼けが回ってる

福岡阿彌三

夕焼けは美しい。夕焼けの空に向かって誰かが飛ばしたシャボン玉がくるくる回っている。遥か彼方の夕焼けも、シャボン玉に映る夕焼けも、回っているように見える。時間が止まっているように感じる。

「ああ」は思わず声に出てしまう言葉。「ああ」としか言いようがなかった。「ああ」も浮かび上がって、回っているようである。

後手で夕焼けを閉めポルノでも見にゆこ

奥村數市

『奥村數市集』

　夕焼けは鮮やかである。夕焼けを直視できないやましさがあったのだろう。「後手」がなんともやるせない。しかし、さらにやましさとやるせなさを加速させるように「ポルノ」を見にゆこうとする。「夕焼け」という美的なものと「ポルノ」という通俗的なものの並列によって屈折した男の心情を出している。夕焼けの鮮やかさにうしろめたさがあり、後手で扉を閉めた。しかし、「ポルノでも見にゆこ」と扉を開ける。表と裏なのか、それとも心象風景なのか。

どの窓からも馬が覗いている日暮

番野多賀子

　数頭の馬がそれぞれの窓から顔を出している。馬は夕焼けを見ているのだろうか。その景が作者の目にとまった。馬はどうしてと思うぐらい物悲しい目をしている。その目でじっと外を見ている。申し合わせたように、黙って見ている。そして、もうすぐ日が暮れて夜になる。

　この馬たちは馬小屋に飼われていて、山々を駆け回る自由はない。無音の風景に、作者は馬のものがなしさや、自らの人生のあやふやさを感じた。

ロイド眼鏡の驢馬が麦食う口開けて

片柳哲郎

『黒塚』

驢馬《ろば》が麦を食べているのを見た。まさかロイド眼鏡はかけていないだろうが、風貌がそのように見えた。驢馬だって、物を食うときは口を開ける。あたりまえだが、あらためて見ると不思議な光景のようであり、なおかつその動作はユーモラスだ。そして、その姿が自分と重なり、自分自身を見つめることにもなった。他人から見れば、自分が物を食べている姿はこのように映るのだろう。そういえば、片柳は眼鏡をかけた面長の紳士であった。

ねえ、夢で、醤油借りたの俺ですか？

柳本々々

夢の中で醤油を借りた、ということ自体は覚えていないのに、「俺ですか？」と尋ねている。夢であっても、借りたままだとしたら気になる。覚えていないけれど、ひょっとして、俺？　だとすれば、また夢で返します、と言っているようだ。「醤油」にノスタルジーがあって、いい。ちょっと前までは醤油などの調味料の貸し借りは隣近所でふつうに行われていた。日常生活で借りたのを思い出したってなかなか詩にならないが、「夢で」なら詩的発見になる。「俺ですか？」と夢の外を揺さぶる。

みんな去って　全身に降る味の素

中村冨二

『中村冨二・千句集』

ひと昔前はどこの家庭の食卓にも、卓上醤油の横に赤いキャップの味の素があった。今まで食卓を囲んでいた仲間がみんな帰ってしまったのか、あるいは人とわかり合えないものがあるのか、ひしひしと孤独が感じられる。すると、慰めてくれるかのように味の素が降ってきた。味の素は自主的に降るものではないから、自分で振ったのかもしれない。冨二はふざけて、途方もないことを敢行する。魔法の顆粒がきらきらと全身に降りかかり、より一層の孤独が訪れる。

暁が降るよラッパ屋が死ぬよ

奈良一艘

『川柳作家ベストコレクション　奈良一艘』

「ラッパ屋」とはラッパを売る人か、ラッパを吹く人か。夜が明けようとするとき、あたりはだんだんと明るくなってくる。そんなときに、ラッパ屋は死んでしまいそうである。

異なった地平にあるふたつのフレーズで一句が形成されている。どうすることもできない現実を、「暁が降る」というフレーズで、祝祭のように表現したのである。死の現実の前で世界を強く意識した、センチメンタルな川柳である。

基礎知識大根おろしにして食べる

速川美竹

大根おろしは輪切りや短冊切りの料理とは違い、もとのかたちがなくなる。「基礎知識」をそこまでして食べるということは、おおざっぱではなく、あとかたもなくなるほどに十分に理解するということだろう。確かに大根おろしは食べやすく、消化によい。人間の持っている生真面目さを言い当てているのか、あるいは思い起こさせているのか。「基礎知識」は亡くなられた尾藤三柳氏の著書『川柳の基礎知識　技法と鑑賞』だという説もある。

お辞儀する道に落ちてる詩と金魚

村山浩吉

挨拶、お礼、遠慮、辞退、なんらかの理由で頭を下げた。すると、落ちているものがあった。それが「詩と金魚」。金魚だけならまだしも、詩とは。「詩と金魚」の並列に驚いた。質感と触感がまったく違う。理想と現実なのだろうか。「詩」は詩集のような具体的なものというよりは、日常とはまた別の、夢のある、想像の次元のもののような気がする。金魚はすでに死んでいるのか、真っ赤でピチピチ跳ねていた頃にはもう戻れないのか。

中八がそんなに憎いかさあ殺せ

川合大祐

『スロー・リバー』

川柳では（俳句もそうかもしれないが）五七五の中八《なかはち》（真ん中の七音が八音になること）を嫌う。入門書やカルチャー教室でまず指摘されるのは中八だ。それに対して「さあ殺せ」と啖呵を切る。そこまで言わなくてもと思いながらも……参りました。

「そんな憎いか」なら中七。「そんなに」の「に」を入れてちゃんと（？）中八に仕立てている。迫力が増した。やんちゃなふうに見せて、しっかりと意義を唱え本質をつかんでいる。言葉がいきいきと躍動している。

「と」にするか南瓜炊けたか「を」にするか

なかはられいこ

川柳を書いていると助詞をどうするかで悩むことが多々ある。助詞で句柄ががらりと変わり、句の意味内容も違ってくる。南瓜が炊けるあいだにどちらの助詞にするか決めるのか、と考えたが、最終的には意味内容はスルーして、お囃子のように読んだ。暗号のような気もしてくる。「南瓜炊けたか」から、ホトトギスの鳴き声「テッペンカケタカ」を連想した。「か」の音が効いている。なかはらは川柳の新しい書き方を見せてくれた。

ペンギンに似ている昼という漢字

橋本征一路

『茄子の花』

ペンギンを見て昼という漢字に結びつける人はそういないと思う。しかし、言われて、ペンギンの恰好をよくよく思い浮かべると、頭の重さ、左右の跳ね具合、足の一直線など、見た目は「昼」に似ていると気づく。テレビかなにかで目にしたペンギンの姿が、漢字の昼に似ていると見つけたのだろう。川柳の“見つけ”は一句を生かす大きな原動力である。そして見た目だけではなく、ペンギンの様子と昼という時間にも類似性があるように思う。

ついて来たはずのキリンが見当たらぬ

嶋澤喜八郎

キリンがいなくなった。それもついて来たはずのキリンだという。キリンがついて来る？　そもそもキリンはついて来ないし、連れて歩く動物でもない。それにあの大きさと長い首。それが見当たらないなんて、どういうことなのかと突っ込みを入れたくなるが、それは野暮である。

句のどこにも力が入っていなくて、すっとぼけた味をかもし出している。私もこれからは、ときどきうしろを振り返ってみようかと思う。ひょっとするとキリンがついて来ているかもしれないから。

アフリカのもしもが燃えている箪笥

岩田多佳子

『ステンレスの木』

「アフリカのもしも」って、なんだ？　それが「燃えている」。それも「箪笥」で。一般的な解釈はできない。けれども、「アフリカ」「もしも」「燃えている」「箪笥」の言葉のつながりになにかありそうな気がする。箪笥にはなにかを仕舞う。が、本来箪笥には入れないものも入っている場合もある。そんな箪笥の一面を捉えているみたいで、案外そんなところに本質がありそうである。句意が通らなくても、なにか雰囲気のようなものが残る。その雰囲気を味わうだけで十分ではないかと思う。

カサコソと言うなまっすぐ夜になれ

佐藤みさ子

『呼びにゆく』

「カサコソ」とは、落葉を踏むときの擦れた乾いたなんとも言えない音である。誰に、あるいはなにに向かって言っているのか。たぶん、自分に向かってであろう。自分の裡にある得体の知れないもの、説明のつかないもの、どうすることもできないものが、じっとしていられなくて「カサコソ」と音を立ててしまう。「まっすぐ夜になれ」とは、おとなしく素直になってくれとの願いだろう。しかし、そう願いながらも、その音の存在こそが自分そのものであることを作者は知っている。

独り寝のムードランプがアホらしい

永田帆船

『永田帆船句集』

就寝時につける小さい灯りを買ってきたのだろう。その商品名が「ムードランプ」。今だったら、こんなベタな名前はつけない。その当時は「ムード」という言葉が流行っていたのか。「独り寝」にはムードもへったくれもない。「ムードランプ」という命名を茶化している。関西弁の「アホらしい」はあきれてしまっての「ばかばかしい。あほくさい」という意味である。「アホらしい」と言い放つところがまさに川柳的であり、言葉の意味のおもしろさを操るのは、川柳の最も得意とするところである。

あとがき

川柳は俳諧の附句を稽古する方法として考えられた〈前句附〉が一句独立の形になって生まれた文芸です。江戸中期の「古川柳」から約二七〇年、明治時代の「新川柳」から約一二〇年近い歴史があり、これまで多様な川柳が残されています。そして現在も、新しい川柳が生まれ続けています。

君見たまへ菠薐草が伸びてゐる　　麻生路郎

畑にほうれん草が生えているのは鑑賞用ではなく、野菜としてです。この人はそんなほうれん草を指差して、「君見たまへ」と言っています。拍子抜けしてしまうほどの天然ぶりです。この無防備さには生真面目なユーモアもあります。

川柳は俳句とかたちは同じですが、なにかが違います。詩形のなかに求めるものの差異です。

川柳は一見わかりやすい文芸ですが、意味を追いかけていくと「なぜ？」という疑問に突き当たるものもあります。また、「どうして、こんなことが気になるのだろう」「どうして、こんなことをわざわざ書くのだろう」と戸惑われるかもしれません。それは「はぐらかし」や「ずらし」など、川柳特有の了承や着地の仕方によるものです。そこを楽しんでいただけたらと思います。

本書では現代の川柳作家による作品を中心に、過去の名句も含め、流派にこだわらず幅広く選句しました。知らなかった川柳に出会うたび、すでに知っていることや経験したことに、今までとは違った自由で心地よい風が通います。この本が現代川柳への入口となることを願っています。

最後になりますが、西原天気さんには身にあまる解説をいただきました。イラストレーターの原麻理子さん、デザイナーの松田行正さんと杉本聖士さんにはきれいに化粧していただき、見違えるようになりました。佐藤文香さんには企画構成にとどまらず、一冊を通してなにもかもプロデュースしていただきました。左右社の筒井菜央さんにはたいへんご苦労をおかけしました。みなさん、本当にありがとうございました。

樋口由紀子

解説

西原天気

樋口由紀子の連載「金曜日の川柳」は二〇一一年五月に始まった。ウェブマガジン『週刊俳句』のデイリー版『ウラハイ』での出来事。なぜに俳句のサイトで川柳を？という疑問はあるだろうが、説明すると長くなるので割愛。ともかく、そこから約九年。現在も続いている。本書は、当連載をもとに、気鋭の若手編集者たちによって編まれた。連載の始まりと継続に関わる者として大いに喜ぶべきことであるその一方で、川柳という文芸ジャンルの門外漢である私が解説執筆という大役を引き受けるにあたり怖れや戸惑いがある。けれども、本書自体が川柳のオーソドキシーと近しいわけでもないようなので、柄井《からい》川柳《せんりゅう》や『誹風《はいふう》柳《やなぎ》多留《だる》』といったジャンルの出自やら作家や結社の現況やらには触れず、また「川柳とは何か？」という頻繁に提起されながら満足な答えを見たことがないテーマも避け、話を続けると、川柳にはアンソロジーが乏しい。

「サラリーマン川柳」などの公募型イベントを除けば、川柳作品に接する機会は少ない。データベースもどうやら貧しい。そんななか、本書である。句のラインアップからすると、いわゆる入門の用に供するよりも、同時代の川柳表現の幅広く多種多様な華やぎを伝えるものと思っていい。川柳と聞いてまずイメージするのとはずいぶんと違う景色。そう思う読者も多いだろう。知らない街を、あるいは知っているはずの道を、頼りになる案内人とともに歩く。それが本書である。

　ところで、樋口由紀子はもともといわゆる箱入り娘、深窓の令嬢、それが言い過ぎなら世事に疎い人だったのではないか。本人は笑って否定するだろうが、あるときだった。任侠映画の話になって、「怖くて目を開けていられない」とおっしゃる。「犯罪者の出てこない映画はつまらない」が持論の私には驚きだったが、そういう育ちの人もいるのだと得心した。そんなお嬢さんが何の因果か川柳と出会い、年齢を重ね、こんな本を作り上げた。その年月は、世間に向かって、人に向かって、薄目を開け、やがて大きく目を見開いていく過程だったのだろうと推測する。誰もがそうなので、この推論はそれほど的外れではない。人の、世間の、喜怒哀楽、善悪清濁、わけのわかること・わからぬことと向き合うこと。それが暮らしであり、川柳だろう。読者もまた、この本で、それらを経験する。驚嘆や退屈や混乱や納得や沈潜や微笑をもってそれらを味わう。収められた句群は、平面に並んでいるように見えて、じつは選者／著者・樋口の何十年だかの時間という奥行きを備えている。ああ、これは、万歳。唐突なようだが、私たちが賜ったのは、そんなものすごい代物かもしれないのだから。だから万歳だ。

何が入っているかわからない詰め合わせのような詞華集の、こんなんで解説になったのかどうか。少々心許ないが、本書でじつにさまざまな句を目にしながら、読むことをやめず、怒りにまかせて投げ棄てることもしなかった読者なら、きっと寛容だろう。ともに万歳をしてくれるはずだ。

西原天気　さいばら・てんき
一九五五年生まれ。二〇〇七年よりウェブマガジン『週刊俳句』を共同運営。二〇一〇年より笠井亞子と『はがきハイク』を不定期刊行。句集に『人名句集 チャーリーさん』（二〇〇五年・私家版）、『けむり』（二〇一一年・西田書店）。

作家名の読みが不明なもの（*）、生没年が不明なもの、また本人のご希望により生年記載のない場合もございます。

ま

な

は

た

さ

作者別索引

本書はウェブサイト「ウラハイ＝裏『週刊俳句』」連載中の「金曜日の川柳」をもとに、大幅な加筆修正を行ったものです。

樋口由紀子　ひぐち・ゆきこ

一九五三年大阪府生まれ。姫路市在住。「晴」編集発行人。「豈」「トイ」同人。句集に『ゆうるりと』『容顔』『セレクション柳人13　樋口由紀子集』『めるくまーる』。エッセイ集『川柳×薔薇』のほか、共著に『現代川柳の精鋭たち』『セレクション柳論』がある。

金曜日の川柳

二〇二〇年三月三日　第一刷発行
二〇二〇年八月八日　第二刷発行

編著者　樋口由紀子
発行者　小柳学
発行所　株式会社左右社
東京都渋谷区渋谷二－七－六－五〇二
TEL　〇三－三四八六－六五八三
FAX　〇三－三四八六－六五八四
http://www.sayusha.com

装幀　松田行正＋杉本聖士
装画　原麻理子
企画協力　佐藤文香
製本・印刷　創栄図書印刷株式会社

 ISBN978-4-86528-268-9

川柳作品引用にあたり、一部ご連絡先が不明な方がいらっしゃいました。作者および著作権継承者の方は、お手数ではございますが弊社までご連絡いただけましたら幸いに存じます。
担当：筒井菜央